NOTICE

POUR SERVIR A L'ÉLOGE

DE

M. PERRONET,

PREMIER INGÉNIEUR

DES PONTS ET CHAUSSÉES DE FRANCE,

Chevalier de l'ordre de Saint-Michel, membre des Académies des Sciences de Paris, Stockholm, de la Société royale de Londres, etc.,

Mort à Paris, le 27 février 1794 (9 ventose an II), âgé de 86 ans;

PAR P. C. LESAGE, INGÉNIEUR EN CHEF DE PREMIÈRE CLASSE, INSPECTEUR DE L'ÉCOLE IMPÉRIALE DES PONTS ET CHAUSSÉES.

Membre de la société des arcades à Rome et de l'académie de Turin etc etc.

A PARIS,

CHEZ BERNARD, LIBRAIRE DE L'ÉCOLE DES PONTS ET CHAUSSÉES, QUAI DES AUGUSTINS, N°. 31.

AN XIII — 1805.

NOTICE

SUR

M. PERRONET,

PREMIER INGÉNIEUR

DES PONTS ET CHAUSSÉES DE FRANCE.

JEAN-RODOLPHE PERRONET, naquit à Surennes, près Paris, le 8 octobre 1708. Son père (1), ancien officier suisse au service de France, laissa, à sa mort, une veuve peu fortunée, et ce fils, objet de nos re-

(1) La famille de Perronet est originaire de Lauzanne; elle s'est rendue recommandable par les vertus et les talens de plusieurs de ses membres. Le célèbre Crouzas, son oncle, s'étoit illustré dans la carrière des lettres et des mathématiques.

grets, qui développa de bonne heure, dans la capitale, son goût naturel pour les sciences et les arts.

A l'âge d'environ quinze ans, étant déjà fort avancé dans la géométrie, le maréchal de Berchiny, qui étoit ami de son père, détermina sa mère à le faire entrer dans le Génie militaire. Il subit un examen, et fut admis au nombre des candidats; mais on ne reçevoit cette année-là, pour les trois places qu'on devoit donner, que les fils des ingénieurs, ce qui le renvoya à la première promotion. Géné par la fortune, il prit un autre parti, et se détermina à étudier l'architecture.

En 1725, âgé de dix-sept ans, il fut admis dans les bureaux de M. Debeausire, architecte de la ville de Paris, qui l'employa à vérifier les toisés, régler les mémoires des ouvriers, et à suivre les constructions intéressantes qu'il avoit sous sa direction. L'aptitude et les talens qu'il montra, lui méritèrent son amitié et une confiance sans réserve. Il fut chargé du projet et de la conduite du grand égoût, et de la partie du quai qui forme l'abreuvoir près le pont de la Concorde et des Tuileries, ainsi que du trottoir en encorbellement du quai Pelletier, près le pont Notre-Dame. dans ce même temps, il dirigeoit les travaux des chemins de la banlieue, exécutés sur les fonds de la ville. Il fut également chargé de plusieurs fêtes publiques, dont M. Debeausire, déjà fort avancé en âge, lui avoit confié les soins.

En 1745, âgé de trente-sept ans, Perronet passa dans le Corps des ponts et chaussées, où il fut appelé par M. Trudaine père, intendant des finances, chargé de l'administration de ce département. Il fut d'abord nommé inspecteur, et, une année après, ingénieur en chef de la ci-devant généralité d'Alençon.

M. Trudaine, magistrat éclairé et devenu célèbre par les bienfaits de son administration, sentoit la nécessité d'avoir un coopérateur capable de l'aider dans le projet qu'il avoit conçu, d'établir à Paris une École spéciale, où l'on pût former des ingénieurs, qui, répartis sur les principaux points de la France, devoient un jour les lier entr'eux par des communications aussi faciles que nécessaires aux relations commerciales et administratives d'un grand Empire. Il le trouva dans Perronet, qu'il rappela à cet effet à Paris, et le nomma Inspecteur général, et Directeur de cette École, qu'il fonda en 1747. A cette époque, M. Hupeau étoit premier ingénieur des ponts et chaussées de France; mais accablé sous le poids des infirmités qui accompagnent presque toujours un grand âge, Perronet s'y attache, et, pendant sept à huit ans, il remplit près de lui toutes les fonctions qui formoient les attributions de sa place. M. Pitrou (1), Inspecteur général, qui lui succéda, laissa, à sa mort, une veuve respectable, chargée de cinq enfans : Perronet en fut l'ami et le père.

Ce fut à l'âge de quarante-un ans (c'est-à-dire en 1747) (2), qu'il parvint au grade de premier Ingénieur des ponts et chaussées. Ce fut aussi à cette époque, que commença la réputation de cet homme célèbre, qui a illustré ce Corps que les plus grands talens ont rendu recommandable.

Plusieurs puissances étrangères envoyèrent des sujets à l'École des ponts et chaussées, pour perfectionner leur instruction.

Perronet fut parfaitement secondé dans ses fonc-

---

(1) M. Pitrou est mort le 13 janvier 1750. Il est auteur d'un excellent ouvrage sur la *Construction des Ponts, et l'Art de la Charpente*; 1 vol. grand Atlas, imprimé à Paris en 1756.

(2) Arrêt du Conseil d'État du Roi, du 14 février 1747, qui nomme Jean-Rodolphe Perronet premier Ingénieur des ponts et chaussées de France, Garde du dépôt des plans et modèles, etc.

tions de directeur de l'École des ponts et chaussées ; par M. Chezy, ingénieur et sous-directeur, homme d'un mérite rare, qu'il fixa près de lui en 1763, et dont il fut l'ami le plus constant (1).

Perronet assistoit souvent aux leçons de cette École ; il aimoit à s'entretenir avec les élèves qui y étoient admis, et à exciter leur zèle et leur aptitude. Leurs progrès dans les sciences étoient l'unique

---

(1) M. Chezy étoit excellent géomètre, bon astronome, mais malheureusement d'une modestie extrême, n'ayant rien fait imprimer de ses nombreux écrits. Il mourut à Paris, Inspecteur général, Directeur de l'École nationale des ponts et chaussées, le 13 vendémiaire an VII (4 octobre 1798), âgé de quatre-vingts ans.

M. Chezy, ayant, en 1792, demandé et obtenu sa retraite, Perronet obtint pour adjoint à la direction de l'École, Jacques-Élie Lamblardie, ingénieur en chef, né à Loche, département d'Indre et Loire, en 1747. Cet ingénieur, d'un vrai mérite, fut, au décès de Perronet, confirmé, par le comité de Salut Public, Directeur de l'Ecole des ponts et chaussées, le 9 février 1794. Lamblardie, mort à Paris, le 6 frimaire an VI (26 novembre 1797), jeune encore, et regretté des élèves et de tous ses amis, est auteur de plusieurs ouvrages imprimés et manuscrits, sur les ports de mer, les canaux, etc.

M. Prony, membre de l'Institut, Inspecteur général, succéda, en l'an VII, à M. Chezy, pour la direction de l'Ecole. Ses ouvrages, sa modestie, sa renommée nous dispensent de tout éloge.

objet de sa sollicitude ; et, dans les réunions fréquentes qui avoient lieu chez lui, et où le sentiment du dévouement et de l'amitié présidoit toujours, il s'occupoit sans cesse à leur élever l'ame, à étendre leurs idées, et à leur faire envisager que l'estime et la considération publiques étoient le partage de ceux qui se distinguoient dans la carrière qu'ils avoient à parcourir.

Messieurs les Ingénieurs se les rappellent sans doute avec plaisir, ces conférences instructives où ils apportoient le tribut des lumières qu'ils avoient acquises, et apprenoient de bonne heure à se distinguer mutuellement par d'heureuses et d'utiles conceptions, dans l'exécution des monumens dignes d'être transmis à la postérité (1).

Comme ingénieur, Perronet s'est constamment occupé, pendant sa longue carrière, des connoissances théoriques qu'il est possible d'acquérir ; de

(1) L'instruction concernant le réglement intérieur de l'École des ponts et chaussées, approuvée par M. Turgot, contrôleur général, le 19 janvier 1775, est un des meilleurs moyens que Perronet ait employés pour exciter leur émulation. Plusieurs Puissances étrangères lui en ont fait demander des copies.

l'art de concevoir les projets en grand, et de les bien rédiger ; enfin, de celui des grandes constructions subordonnées aux règles de la statique et aux principes du bon goût, et d'une sage économie.

Une des maximes qu'il aimoit à répéter, étoit celle-ci : « Nos connoissances, quelque étendues,
» quelque variées qu'elles soient, ne sont que de
» deux sortes : celles que nous acquérons par l'im-
» pression que les objets font sur nos sens, et celles
» que la méditation ou l'étude peut nous procurer. »

C'est d'après ces principes, qu'il sentoit l'importance d'avoir des écoles spéciales pour certains arts, où les connoissances théoriques fussent professées, et où les faits qui leur appartiennent, fussent déposés. Aussi devint-il le créateur et le père de l'École vraiment nationale des ponts et chaussées.

Cette École fut fondée par le célèbre Trudaine, (Charles-Daniel) né en 1703, et qui mourut à Paris, le 19 janvier 1769, emportant avec lui les regrets et l'estime générale (1). Charles-Philibert Trudaine, né

---

(1) Perronet qui étoit un tendre père pour ses élèves, avoit remarqué que plusieurs d'entr'eux, gênés par la fortune, lorsqu'ils étoient malades, s'adressoient à des chirurgiens qui, avec du talent,

en janvier 1733, héritier des vertus de son père, lui succéda dans tous ses emplois. On croit devoir rapporter ici, une lettre qu'il écrivit à Perronet, un mois avant sa mort.

A Montigny, le 4 juillet 1777.

« Vous voudrez bien, Monsieur, rendre compte » à mon successeur, que j'ignore encore, des affaires » que vous m'envoyez. Il n'est pas possible qu'il ne » sente tout le besoin qu'il a de vos lumières, de votre » talent et de votre probité; mais je le défie, quel » qu'il soit, d'en faire plus de cas que je n'en ai fait. » L'amitié la plus tendre est la suite des sentimens » que vos vertus m'ont inspirés, et c'est un bien dont » personne ne me privera. Je sais combien vous êtes » affligé de me perdre pour les affaires; mais con- » servez-moi votre amitié, c'est un héritage pour moi. » Je ne veux pas vous en dire davantage, de peur » de vous affliger. Je sais que je peux compter sur » les mêmes regrets de la part d'un Corps qui vous » doit tout son lustre, et la considération dont il

---

étoient sans expérience; il prit le parti de leur envoyer son médecin, en le priant d'avoir le plus grand soin de ces jeunes gens *que j'aime.*

» jouit. Si mon attachement pour ce Corps peut me » laisser encore quelque droit à lui donner des con- » seils, j'exhorterai fort tous ces Messieurs, j'oserai » ajouter que je les prie de se rappeler toujours ce » qu'ils doivent au service de l'Etat et à eux-mêmes; » qu'ils ne perdent jamais de vue cet esprit d'hon- » neur et de délicatesse qui a toujours présidé à nos » assemblées, et l'union et la subordination qui ont » été jusqu'aujourd'hui leur soutien.

« Voilà mes derniers vœux pour eux, Monsieur, » soyez-en l'interprète, assurez tous ces Messieurs » de la continuation de mon estime tant que je vi- » vrai; que la mémoire de mon père leur soit tou- » jours chère; quant à moi, je vais jouir, dans ma » retraite, d'un repos dont je n'ai pas encore goûté » la douceur, depuis que je suis au monde. »

Signé TRUDAINE (1).

Il suffira d'indiquer ici les grands ouvrages que Perronet a projetés et fait exécuter, pour donner une idée des connoissances physiques et mathématiques qu'il a su y employer : tels sont les ponts de

(1) M. Trudaine est mort subitement à Montigny, le 5 aout 1777.

Nogent-sur-Seine, de Château-Thiery, de Mantes, de Neuilly dont toute la Cour (22 septembre 1772) et les étrangers vinrent admirer l'art que le premier coup d'œil de son décintrement offrit aux yeux étonnés de tous les spectateurs; celui de Sainte-Maxence, dont l'élégance de la composition et de l'architecture égale la hardiesse; celui de la Concorde, à Paris (1); celui de Nemours, que l'ingénieur en chef du département de Seine et Marne vient de construire; le canal de Bourgogne par Tonnerre; le beau projet du

---

(1) Exécuté sous l'inspection et la conduite de M. Dumoutier, habile ingénieur, mort à Paris, le 7 ventose an XII.

En 1770, le projet et les dessins de ce pont totalement arrêtés, ainsi que le détail estimatif, montant à près de deux millions, le modèle en fut porté à Choisy, et présenté au roi : il l'expliqua avec cette simplicité et cette modestie qui l'ont toujours caractérisé. Un seigneur de la Cour lui fit l'objection, que, lorsque les eaux seroient hautes, le chemin de hallage ne serviroit à rien; *le roi répliqua qu'il ne lui avoit point fait cette observation, parce qu'il étoit sûr que Perronet y avoit pensé;* effectivement, il répondit à ce seigneur, que, la rivière étant à la hauteur du niveau du dessus du pavé du chemin de hallage sous l'arche du pont, la navigation est alors interrompue au dessus et au dessous de Paris. D'ailleurs, les trois planches gravées en 1776, et qui sont dans son ouvrage, sont exactement conformes à sa construction, à l'exception du vide dans les culées, et de l'ouverture du milieu des

canal de l'Yvette, dont la rédaction complète se trouve consignée dans trois volumes *in-folio*, déposés à la bibliothèque de l'École ; les grands et utiles travaux qui embellissent nos plus belles routes, et dont les détails sont en partie insérés dans son ouvrage, imprimé aux frais du gouvernement, divisé en deux parties, avec un supplément ; dans son discours préliminaire, Perronet rend compte des motifs qui l'ont engagé à le publier.

Par arrêt du conseil d'État, de 1757, il fut nommé Inspecteur général des Salines de France ; fonction qu'il a exercée jusqu'en 1786.

Les grandes routes de la ci-devant généralité de Paris étoient celles dont il avoit la direction immédiate, et qui devoient surtout fixer son attention : aussi a-t-on vu que, dans cette seule partie, plus de six cents lieues de longueur, (300 myriamètres environ) à deux mille quatre cents toises la lieue, y

---

piles, que des personnes timides ont regardés comme pouvant nuire à sa solidité ; contrariété qui l'a beaucoup affecté, parce qu'il regardoit ce genre de construction comme un pas de plus fait dans l'art de l'appareil des ponts, et comme offrant un modèle dans la capitale.

Celui de Sainte-Maxence, exécuté en 1774, est établi sur les mêmes principes ; c'est-à-dire, vide dans les culées et dans les piles.

ont été ouvertes, rectifiées et plantées d'arbres, dans l'espace de trente ans; qu'une multitude de routes sinueuses et trop rapides, y ont été successivement élargies, adoucies et rendues accessibles à tous les genres de circulation; enfin, que près de deux mille ponts de toute grandeur, y étoient entretenus aux frais du gouvernement, avant 1790.

Indépendamment de ces immenses travaux, on pourroit encore citer ceux des rivières qu'il a détournées et des canaux qu'il a ouverts à la prospérité publique; les machines ingénieuses qu'il a imaginées et dont il s'est servi longtemps avec beaucoup de succès; enfin, ses rapports et mémoires académiques, comme membre de plusieurs sociétés savantes de l'Europe (1).

Comme premier Ingénieur des ponts et chaussées, Perronet déploya de grands talens en administration. Il savoit avec sagesse, arrêter les efforts de l'intrigue, prévenir les abus de la faveur, pour laisser percer le

---

(1) M. Perronet étoit des trois Académies, des Sciences, d'Architecture et d'Agriculture de Paris, de celles de Rouen, de Dijon, de Lyon, de Metz, de la Société royale de Londres, de celle de Stokholm, des Arcades de Rome, enfin de la Société philantropique de Paris.

vrai talent qui se cache, le vrai mérite toujours trop modeste. Plein d'urbanité, d'estime et d'affection particulière pour tous les Ingénieurs, il en fut constamment l'appui et l'ami. Rempli de désintéressement, de loyauté et de probité, il étoit cher aux siens, et affable à tous.

Perronet avoit des parens pauvres ; il en fut le soutien, et donnoit à chacun en raison de ses besoins. Né sensible et bon, son cœur étoit aimant, mais judicieux dans le choix de ses connoissances particulières ; indulgent pour les autres, il étoit sévère pour lui-même ; patient et courageux, il avoit cette humeur douce et obligeante qui fait les bons amis, et qui est le caractère du vrai sage. Perronet étoit très-laborieux ; sa vie fut sobre et régulière ; il se levoit de très-grand matin, et recevoit à toute heure les personnes qui se présentoient chez lui. Son travail le plus assidu étoit celui du soir ; souvent même il y consacroit des nuits. Indépendamment de son travail comme ingénieur, sa correspondance étoit très-étendue.

Enfin, pour donner la mesure de la considération dont Perronet jouissoit chez l'étranger, il suffira de citer l'hommage que lui a rendu la Société des arts de Londres, en plaçant son buste dans la salle de ses séances, à côté de celui de Franklin (1).

Dans les dernières années de sa vie, il composa encore plusieurs mémoires qui ont été imprimés; enfin, il conserva, jusqu'à son dernier instant, toutes ses facultés morales, et cette douce aménité qui faisoit le bonheur de ceux qui l'entouroient.

Il termina en paix sa longue et honorable carrière, âgé de quatre-vingt-six ans, le 27 février 1794 (9 ventose an II). On put lui appliquer ce vers du bon Lafontaine :

Rien ne trouble sa fin, c'est le soir d'un beau jour.

En 1778, seize ans avant sa mort, Perronet reçut un gage flatteur de la reconnoissance et de l'attachement des Ingénieurs des ponts et chaussées, qui firent exécuter son buste en marbre; ils lui en firent hommage, avec cette inscription écrite en lettres d'or

---

(1) En 1774, le roi de Danemarck fit demander, par son ambassadeur à Paris, un ingénieur de mérite, pour être chargé en chef de la direction des ponts et chaussées dans ses États. Perronet proposa M. Marmillod, son parent, qui a résidé douze ans à Copenhague, et est rentré en France, avec le grade d'Inspecteur général, où il est mort en 1785. La Russie et le Portugal firent la même demande.

sur le piédestal : *Patri carissimo Familia.* Par son testament, il le légua à l'École avec sa bibliothèque qui étoit considérable, ainsi que tous ses modèles.

En 1782, les Élèves de son École, ses enfans adoptifs, jaloux aussi de lui témoigner leur amour et leur vénération, avoient fait graver son portrait avec cette inscription :

OPTIMO VIRO ET CLARISSIMO CIVI,

JOANNI-RODOLPHO PERRONET,

REGIÆ SCIENTIARUM ACADEMIÆ PARISIENSIS SODALI,

ET A VIIS, PONTIBUS ET ÆDIFICIIS PUBLICIS GALLIÆ CONFICIENDIS

ARCHITECTURÆ PRÆFECTO,

OFFEREBANT ET CONSECRAVÊRE INSTITUTORI, AMICO, PATRI,

TESTES VIRTUTUM ASSIDUI, ET BENEFACTORUM MEMORES,

ALUMNI.

ANNO M. DCC. LXXXII (1).

Tels furent les derniers témoignages rendus à la mémoire de Perronet. Son nom vit encore dans celle de ses contemporains : il vivra tant que les

(1) Cette inscription fut composée par le célèbre Diderot, que Perronet comptoit, ainsi que Buffon et Bélidor, au nombre de ses meilleurs amis.

sciences existeront parmi les peuples policés; il a été et sera toujours l'ornement et la gloire de notre art. Formé par ses leçons, guidé par ses exemples, j'ai cru devoir laisser à ceux qui entreront un jour dans la même carrière, les éclaircissemens propres à faire connoître tous les pas d'un homme digne des hommages de tous les artistes. En leur transmettant les faits que je me suis plu à recueillir, j'ai satisfait aux sentimens les plus chers à mon cœur, à la reconnoissance, à la vénération, à l'amitié. L'éloge de l'homme vertueux est dans ses bienfaits, l'apothéose de ses talens utiles est dans les monumens et les écrits qu'il nous transmet.

Pénétré de ce sentiment, j'ai rédigé sommairement l'Abrégé historique des différentes constructions qu'il a fait exécuter, de celles qu'il a seulement projetées ; le titre et les dates de ses principaux mémoires, et de ses rapports académiques. D'autres ingénieurs pourront en donner un jour une analyse plus étendue, et par cela même plus instructive.

État sommaire des principaux ouvrages de Perronet, divisé en six chapitres.

Le PREMIER comprend les PONTS exécutés ;

Le second, ceux projetés ;

Le troisième, les canaux et rivières navigables ;

Le quatrième, ses principaux mémoires académiques ;

Le cinquième, les machines ;

Le sixième, un extrait de quelques mémoires sur différens ports de mer ; — Fonderie de canons, expériences, etc.

CHAPITRE PREMIER.

Ponts exécutés.

Pont d'Orléans, commencé en 1750, fini en 1760.

Pont de Mantes, commencé en 1757, fini en 1765.

Pont de Trilport, commencé en 1758, fini en 1764.

Pont Saint-Edme, à Nogent, commencé en 1766, fini en 1769.

Pont des Fontaines, commencé en 1770, fini en 1771.

Pont Biais-Bicheret, commencé et construit en 1775.

Pont de Neuilly, commencé en 1768, fini en 1774.

Pont de Château-Thiéry, commencé en 1765, fini en 1786.

Pont Sainte-Maxence, commencé en 1774, fini en 1785.

Pont de Brunoi, commencé en 1784, fini en 1787.

Pont de Rosoi, commencé en 1786, fini en 1787.

Pont de la Concorde, à Paris, commencé en 1787, fini en 1792.

Pont de Nemours; le projet en fut fait en 1776. Il vient d'être exécuté avec des changemens; (1805).

CHAPITRE II.

Ponts projetés.

Pont de Melun, en 1772.

Pont de la Salpétrière, vis-à-vis le jardin des plantes, en 1773.

Pont sur la Saône, à Lyon, en 1774.

Pont de Moret, sur Loing.

Pont de Pontoise.

Pont sur la Néva, à St.-Pétersbourg, en 1778.

Ponts sur la Loire, à Nantes, en 1778.

Projet d'une arche en pierre, de 200, 300, 400 et 500 pieds d'ouverture, en 1792.

CHAPITRE III.

Canaux et Rivières navigables.

Projet de la navigation de la Loire, depuis Nantes jusqu'à Pimbœuf, 1770.

Canal de Bourgogne, par Tonnerre, commencé en 1775.

Canal de l'Yvette, projeté en 1775, 1776 et 1777.

CHAPITRE IV.

Mémoires académiques.

Mémoires sur le cintrement et décintrement des Ponts, et sur les différens mouvemens que prennent les voûtes ; en 1773 :

Sur les différentes méthodes pour fonder les ouvrages en maçonnerie dans l'eau ; en 1775 :

Sur la réduction et l'épaisseur des piles, et sur la courbure qu'il convient de donner aux voûtes ; en 1777.

Mémoire sur les pieux et pilotis ; en 1779.

Mémoire sur les cintres des ponts.

Sur l'éboulement qui arrive quelquefois à des portions de montagne ; en 1780.

CHAPITRE V.

Machines.

1°. Drague en forme de mâchoire, mue verticalement par deux cordages, pour enlever les vases et le sable du fond des rivières et des ports.

2°. Une espèce de planchette portant un crayon, qui mesure exactement les angles, au moyen d'une alidade mobile, etc.

3°. Une double pompe, qui fait mouvoir deux pistons, au moyen d'un mouvement continu.

4°. Une petite voiture, ou camion prismatique.

5°. Roue à aube mobile, dont l'arbre est vertical, etc.

6°. Autre roue dont l'arbre est horizontal, etc.

7°. Deux scies à réceper les pilotis sous l'eau.

8°. Odomètre pour les épuisemens, etc., etc.

CHAPITRE VI.

Ports de Mer.

Mémoires, Avis et Rapports sur :

- La rade de Cherbourg.
- Le port du Havre.
- Le port de Dunkerque.
- La forme de Toulon.
- La fonderie de canons, à l'île d'Inderet.
- La manufacture des porcelaines de Sèvres, etc., etc.

CHAPITRE PREMIER.

PONT D'ORLÉANS,

Commencé en 1750, *fini en* 1760.

Le pont d'Orléans fut projeté par M. Hupeau, premier ingénieur des ponts et chaussées, et conduit sous ses ordres, par M. Soyer, ingénieur en chef. Il est composé de neuf arches, dont les naissances sont à 12 pieds (3 mèt. 90 cent.) au dessus des basses eaux; celle du milieu a 100 pieds (32 mèt. 48 cent.) d'ouverture, et 28 pieds (9 mèt. 10 cent.) de hauteur sous clef; celles des culées, 92 pieds (29 mèt. 89 cent.), sur 25 pieds (8 mèt. 12 cent.) de hauteur, et les autres arches à proportion. Les quatre piles du milieu ont 18 pieds (5 mèt. 85 cent.) d'épaisseur, et les quatre autres, 17 pieds (5 mèt. 52 cent.), ce qui donne au total, 166 toises 4 pieds (324 mèt. 83 cent.) de distance d'une culée à l'autre, lesquelles ont chacune 22 pieds (7 mèt. 14 cent.) d'épaisseur : la largeur du pont est de 46 pieds (14 mèt. 94 cent.) d'une tête à l'autre; savoir : 27 pieds (8 mèt. 77 cent.) pour le passage des voitures, 8 pieds (2 mèt. 60 cent.) pour chaque trottoir, et 18 pouces (0 mèt. 49 cent.) d'épaisseur de parapet; les culées sont accompagnées de pans coupés, chacun de 30 pieds 8 pouces (9 mèt. 96 cent.) de longueur, évasés sur un angle de 45 degrés, au bout desquels sont des pilastres formant saillie de 5 pieds (1 mèt. 62 cent.) sur les nouveaux murs de quai, lesquels, ainsi que les pilastres, ont été retournés d'équerre au pont.

La voûte de l'arche du milieu a 6 pieds 6 pouces d'épaisseur à la clef (2 mèt. 11 cent.); celles près des culées ont 5 pieds 6 pouces (1 mèt. 79 cent.), et celles intermédiaires à proportion. L'assise du cordon qui couronne le pont, a 27 pouces (0 mèt. 73 cent.) de hauteur, compris 10 pouces (0 mèt. 27 cent.) pour un cavet et un filet; la saillie totale de ce cordon est de 18 pouces (0 mèt. 49 cent.); la hauteur du parapet est de 3 pieds 1 pouce (1 mèt. 00 cent.) au-dessus du cordon, et de 1 pouce (0 mèt. 27 cent.) de moins sur les trottoirs; le tout, non compris 1 pouce (0 mèt. 27 cent.) de bombement pour le bahut. Le pavé a, de part et d'autre du pont, 8 lignes (0 mèt. 18 cent.) de pente par toise (1 mèt. 95 cent.

Les fondations sont en maçonnerie, sur pilotis, grillage et plate-forme de charpente; la courbure des arches est de forme ovale, décrite avec trois centres. On a employé dix ans pour en terminer les travaux (1).

(1) Perronet fut chargé, en 1752, de l'inspection des travaux du nouveau pont d'Orléans, sous M. Hupeau; et suivant une lettre de

PONT DE MANTES,

Commencé en 1757, fini en 1765.

Le pont de Mantes, situé sur la Seine et la basse route de Paris à Rouen, fut projeté et commencé par M. Hupeau, premier ingénieur. Il est composé de trois arches ; celle du milieu a 120 pieds (39 mèt. 00 cent.) d'ouverture, et celles des deux culées 108 pieds (35 mèt. 10 cent.) ; sa largeur d'une tête à

M. Trudaine, adressée à M. Cypierre, intendant, le 29 avril 1763, il le prévient *que le sieur Perronet, qui remplace M. Hupeau, se trouve chargé du compte définitif, et de la réception de tous les ouvrages faits pour la construction du pont d'Orléans, de ses abords, etc.*

L'adjudication de ce pont en fut passée à Jean Chopine, entrepreneur, le 29 mars 1751, pour la somme de 2,084,000 livres, et subrogée ensuite à Jean Rondel, par arrêt du conseil, du 20 octobre 1761.

Le procès-verbal et le compte définitif de réception, sont du 22 octobre 1763, montant à 2,661,090 livres, savoir :

Prix de l'adjudication	2,084,000 l. » s.
Et pour les augmentations	586,856 13
Total.	2,670,856 l. 13 s.

A Orléans, le 22 octobre 1763. *Signé* Perronet et Soyer, ingénieurs en chef, etc.

l'autre est de 33 pieds 4 pouces (10 mèt. 83 cent.), et entre les parapets, de 30 pieds (9 mèt. 75 cent.)

L'épaisseur des piles est de 24 pieds (7 m. 80 c.), et celle des culées, de 27 pieds (8 mèt. 77 cent.); les murs d'épaulement qui accompagnent les culées, ont 14 pieds (4 mèt. 55 cent.) de longueur, 14 pieds 6 pouces (4 mèt. 71 cent.) d'épaisseur, et 37 pieds (12 mèt. 02 cent.) de longueur sous leur couronnement.

Les murs de rampe en retour d'équerre au pont, ont chacun, du côté de la ville, 27 toises (52 mèt. 62 cent.) de longueur; et les murs en aîle, du côté opposé, 5 toises 4 pieds (11 mèt. 04 cent.) non compris les socles qui les terminent, ainsi que les murs de rampe; leur épaisseur est de 10 pieds (3 mèt. 25 cent.) à leur origine, réduite à 7 pieds (2 mèt. 27 cent.) à leur extrémité.

Tous les murs ont été élevés avec 1 pouce (0 mèt. 27 cent.) de talus par pied (0 mèt. 32 cent.) de hauteur; ils ont été fondés à 2 pieds (0 mèt. 65 cent.) seulement sous l'étiage, et les culées ainsi que les piles, à 6 pieds (1 mèt. 95 cent.); le tout fondé sur pilotis battus au refus, racinaux et plate-forme en charpente.

La naissance des arches est établie à 3 pieds (0 mèt. 97 cent.) au dessous de l'étiage; l'arche du milieu a 35 pieds (11 mèt. 37 cent.) de hauteur, et les autres 33 pieds 6 pouces (10 mèt. 99 cent.), ce qui donne au pavé une pente par toise (1 mèt. 95 cent.) de 1 pouce (0 mèt. 27 cent.)

La courbe des voûtes est à 11 centres, et pareille à celle du pont de Neuilly.

Les voussoires de la clef ont 6 pieds (1 m. 95 c.) de longueur de coupe; l'assise du couronnement faite avec tore, filet et cavet, a 27 pouces (0 mèt. 76 cent.) de hauteur; les parapets ont 20 pouces (0 mèt. 54 cent.) d'épaisseur, et 3 pieds (0 mèt. 97 cent.) de hauteur.

PONT DE TRILPORT,

SUR LA RIVIÈRE DE MARNE;

Commencé en 1758, *fini en* 1764.

Le pont de Trilport construit sur les projets et la conduite de M. Chezy, et sous la direction de M. Perronet, qui en a fait la réception le 13 septembre 1765, est composé de trois arches; il est situé sur l'alignement qui conduit de la ville de Meaux au village de Trilport, et biais à la direction habituelle de la rivière. Les flancs des culées et des piles forment avec la ligne de milieu, à droite, un angle de 72 degrés, (ancienne divion).

L'arche du milieu a 12 toises 3 pieds (24 mèt.

35 cent.) d'ouverture quarrée, et d'ouverture biaise, 13 toises 10 pouces 3 lignes (25 mèt. 61 cent.); sa hauteur est de 27 pieds (8 mèt. 77 cent.) au dessus des basses eaux où elle prend naissance, jusqu'à l'intrados de la clef qui a 4 pieds 6 pouces (1 mèt. 36 cent.) de hauteur; les deux autres arches ont chacune 12 toises (23 mèt. 38 cent.) d'ouverture quarrée, et d'ouverture biaise 12 toises 3 pieds 5 pouces 6 lig. (24 mèt. 50 cent.); leur hauteur, depuis les basses eaux jusques sous la clef, est de 26 pieds (8 mèt. 44 cent.)

Chaque arche contient deux cornes de vache qui rachètent le biais, et dont les retombées sont alternativement en amont et en aval de chaque arche; la largeur des retombées est de 5 pieds (1 mèt. 62 cent.); elles vont se terminer aux clefs correspondantes de chaque côté, lesquelles ont 4 pieds 3 pouces (1 mèt. 38 cent.) de coupe.

La longueur du pont, du devant d'une culée au devant de l'autre, mesurée suivant la ligne de milieu, est de 43 toises 3 pieds 1 pouce 3 lignes (84 mèt. 79 cent.), et sa largeur, mesurée quarrément, de 30 pieds (9 mèt. 74 cent.)

Chacune des deux piles a 15 pieds (4 mèt. 87 cent.) d'épaisseur au nu, mesurée quarrément; les extrémités opposées des deux flancs, sont pliées en sorte que la ligne de pli ou de brisure a 5 pieds (1 mèt. 62 cent.) de longueur, et fait un angle de 18 degrés avec le flanc prolongé du même côté. C'est sur ces deux lignes de brisure que se font les retombées alternatives des cornes de vache.

Les avant et arrière becs sont décrits avec deux portions d'arc de cercle ; l'un tangent à l'extrémité du flanc d'un rayon égal, a l'épaisssur quarrée de 15 pieds (4 mèt. 87 cent.) de la pile, et l'autre de 13 pieds (4 mèt. 22 cent.) de rayon, tangent à la ligne de brisure : l'intersection de ces deux arcs donne l'angle saillant de chaque avant et arrière bec.

La hauteur de chaque avant et arrière bec est de 18 pieds (5 mèt. 84 cent.) au dessus des retraites, compris 18 pouces (0 mèt. 49 cent.) pour l'épaisseur de la plinthe, saillant de 1 pied (0 mèt. 32 cent.) sur le nu : le recouvrement, terminé en pointe, a 11 pieds (3 mèt. 57 cent.) de hauteur, et est formé par des assises qui ont en bas 4 pouces (0 mèt. 11 cent.) de quarré.

L'épaisseur des culées, à leur nu, est de 3 toises (5 mèt. 85 cent.) mesurée quarrément, et de 3 toises 9 pieds 9 lignes (9 mèt. 01 cent.) suivant la ligne de milieu ; l'extrémité d'un de leurs flancs est brisée de la même manière que pour les piles, mais au côté opposé, elles sont accompagnées chacune de deux murs en ailes, terminés par un socle. Celui en amont de la culée du côté de Trilport, est évasé sur un angle de 27 degrés ; il a 62 pieds 6 pouces (20 mèt. 30 cent.) de longueur ; son épaisseur en racine, au dessus des retraites, est de 10 pieds (3 mèt. 25 cent.), et à son extrémité, de 6 pieds (1 mèt. 95 cent.); il est élevé à plomb en ses deux paremens, et a de hauteur, près de la culée, 32 pieds 5 pouces (10 mèt. 52 cent.) entre le dessus des fondations et la première assise du parapet, et à son extrémité, 6 pieds (1 mèt. 95 cent.)

Le mur en aile d'aval est évasé sous un angle de 67 degrés, avec le flanc prolongé de la culée; sa longueur, depuis la brisure jusqu'à son extrémité, est de 69 pieds (22 mèt. 41 cent.); il est élevé à plomb en son parement intérieur, et en talus de 5 pieds (1 mèt. 62 cent.) en son parement extérieur sur sa hauteur à prendre dans l'angle de son épaulement où son épaisseur en racine est de 11 pieds (3 mèt. 57 cent.) et à sa sommité, de 6 pieds (1 mèt. 95 cent.); celle de son extrémité est de 6 pieds 10 pouces (2 mèt. 22 cent.) en racine, et de 6 pieds (1 mèt. 95 cent.) à sa sommité; les hauteurs sont les mêmes que dans le mur précédent.

Les socles qui terminent les culées ont 4 pieds (1 met. 30 cent.) en quarré, et sont élevés à plomb sur toutes les faces, dont deux font des angles droits avec la ligne du milieu du pont; leur hauteur est de 6 pieds (1 mèt. 95 cent.) au dessus des basses eaux; deux autres socles de 4 pieds (1 mèt. 30 cent.) en quarré, sont placés à la hauteur des culées écartées de 12 pieds (3 mèt. 90 cent.) de l'épaulement.

Les murs en ailes et les socles de la culée, du côté

de Meaux, sont pareils et égaux à ceux ci-devant, excepté que les parties en aval de l'une de ces culées répondent aux parties en amont de l'autre.

Le cordon qui règne sur les deux têtes a 18 pouces (o mèt. 88 cent.) de hauteur et 1 pied (o m. 32 c.) de saillie ; il se termine à l'assise de parapet qui couronne les épaulemens. Le parapet a 3 pieds (o mèt. 97 cent.) de hauteur, et 18 pouces (o mèt. 88 cent.) d'épaisseur ; il règne sur les deux têtes et l'épaulement, et se termine aux dés de pierre qui recouvrent les socles à l'abord du pont.

Le tout est fondé sur pilotis, racinaux et plateforme de charpente ; on a laissé au-delà de la première assise de pierre, un empatement de 3 pieds 6 pouces (1 mèt. 14 cent.) de largeur qui règne au pourtour des piles, des avant et arrière becs, le long des flancs des culées et de leurs épaulemens.

Les deux culées, leurs épaulemens, les deux piles, leurs avant et arrière becs sont fondés à 6 pieds (1 mèt. 95 cent.) de profondeur sous les basses eaux, à mesurer du dessus des plate-formes ; et on a donné 1 pied (o mèt. 32 cent.) d'empatement autour des nus de ces parties, qu'on a divisé en trois retraites égales, dont la dernière est faite, avec l'assise de naissance, au niveau des basses eaux.

PONT DE SAINT-EDME,

A NOGENT-SUR-SEINE;

Commencé en 1766, fini en 1769.

Le pont de Saint-Edme est composé d'une seule arche de 90 pieds (29 mèt. 24 cent.) d'ouverture, et de 27 pieds (8 mèt. 77 cent.) de hauteur sous clef au dessus des naissances ; la courbe génératrice de la voûte est de forme ovale, décrite avec onze centres; sa largeur est, d'une tête à l'autre, de 30 pieds (9 mèt. 75 cent.)

Les culées ont chacune 18 pieds (5 mèt. 85 cent.) d'épaisseur, et sont accompagnées d'épaulemens et de murs de terrasse au derrière.

Les voussoirs ont 5 pieds (1 mèt. 62 cent.) de longueur de coupe aux clefs des têtes, et de 4 pieds (1 mèt. 30 cent.) de longueur pour ceux d'entre ces têtes; le tout est fondé sur pilotis, racinaux et plate-formes de charpente, à 4 pieds 2 pouces (1 mèt. 35 cent) sous les plus basses eaux.

On s'est contenté de battre les pilotis à un refus de 3 à 4 lignes ($\frac{\text{0 mèt. 07 cent.}}{\text{0 mèt. 09 cent.}}$) par volée de 25 coups pendant plusieurs volées de suite, avec un mouton pesant deux milliers, en y employant une sonnette à déclic.

Quoiqu'on eût donné 3 à 4 lignes ($\frac{0 \text{ mèt. } 07 \text{ cent.}}{0 \text{ mèt. } 09 \text{ cent.}}$) aux joints des lits des voussoires, on a été obligé de les dégarnir de leur mortier avec le couteau à scie, en plusieurs endroits de leur parement, et surtout aux angles des têtes, pour empêcher que la pierre, par la compression des mortiers, ne pût se toucher: sans cette précaution, elle auroit pu se casser et s'écorner aux têtes.

PONT DES FONTAINES,

SITUÉ SUR LA RIVIÈRE DES NONETTES, A CHANTILLY, ROUTE DE PARIS A AMIENS,

Commencé en 1770, *fini en* 1771.

Le pont des Fontaines, situé sur la rivière des Nonettes, est composé de trois arches surbaissées au quart; celle du milieu a 16 pieds (5 mèt. 20 cent.) d'ouverture, et les deux autres, 15 pieds (4 mèt. 47 cent.); les culées et les piles ont chacune 5 pieds (1 mèt. 62 cent.) d'épaisseur.

La largeur du pont, d'une tête à l'autre, est de 24 pieds (7 mèt. 80 cent.); il est un peu biais sur la direction de la rivière. Pour le rendre plus léger, on y a placé des garde-fous en fer, des trottoirs et des bornes pour les défendre du choc des voitures.

DESCRIPTION DE L'ARCHE BIAISE,

SITUÉE SUR LE RUISSEAU BICHERET, PRÈS ET AU-DELA DE LAGNI (ROUTE D'ALLEMAGNE), A COULOMMIERS.

Construite en 1775.

CETTE arche biaise a 9 pieds (2 mèt. 92 cent.) d'ouverture, et 11 toises (21 mèt. 44 cent.) de longueur d'une tête à l'autre, mesurée suivant son biais qui est de 45 degrés. Les culées ont 5 pieds (1 mèt. 62 cent.) d'épaisseur ; celle de la voûte est de 1 pied 10 pouces (0 mèt. 60 cent.), mesurée à la clef.

On voit par l'épure gravée de cette arche, que les plans des têtes sont verticaux et parallèles à l'axe longitudinal de la route. La partie de la voute qui se trouve entre les têtes, est contruite en plein cintre et en appareil régulier : elle est terminée quarrément à sa direction.

Les culées sont construites de manière que leurs paremens intérieurs, aux extrémités de la partie en plein cintre , d'un côté , se prolongent jusqu'à la naissance de l'une des têtes de l'arche , et de l'autre, se détournent perpendiculairement à l'autre tête, dans l'intérieur de la culée. De l'angle formé ainsi contre l'une des culées, on mène une ligne entre celle qui termine la partie de la voûte à plein cintre, et celle de tête oblique ; cette ligne termine les voussoirs de la tête de l'arche, à laquelle les plans de joints sont perpendiculaires: ces voussoirs se raccordent avec ceux de la partie en plein cintre, par une portion de voûte, dont les lignes intérieures des plans de joints sont parallèles à la ligne ci-dessus mentionnée.

La courbure des têtes est une demi-ellipse, dont le petit axe, qui forme la montée, est égal au rayon du plein cintre, et le grand axe, à la distance oblique entre l'une des culées d'une part, et la perpendiculaire de l'autre.

Les lignes intérieures des plans de joints pour les trois portions de voûte, sont horizontales dans toute la longueur de l'arche, et se raccordent entr'elles, de manière à former des lignes brisées. Les deux têtes sont symmétriques, et ne diffèrent en rien dans leur construction; elles sont accompagnées de murs en ailes : ceux d'aval, et celui à droite d'amont sont dans le prolongement des culées; le quatrième est perpendiculaire au plan des têtes.

PONT DE NEUILLY,

CONSTRUIT PAR MM. CHEZY ET DUMOUTIER, D'APRÈS LES PROJETS ET SOUS LA DIRECTION DE M. PERRONET;

Commencé en 1768, *fini en* 1774.

Le pont de Neuilly, construit sur la Seine, est composé de cinq arches de 120 pieds (38 m. 98 c.) d'ouverture chacune; situé sur l'alignement de l'avenue des Champs-Élysées, que l'on a prolongé jusqu'au haut de la butte de Chantecoq, avec quatre rangs d'arbres, dont les premiers espacés de 16 toises (31 mèt. 18 cent.), forment l'allée du milieu, et les autres, de 8 toises (15 mèt. 59 cent.) pour chaque contr'allée. On a formé au haut de la butte, une place de 100 toises (194 mèt. 90 cent.) de diamètre jusqu'au premier rang d'arbres, avec contr'allée au pourtour extérieur, aussi de 8 toises (15 mèt. 59 cent.). Cette place forme étoile de six avenues à double rang d'arbres, dont quatre sont réduites à 14 toises (27 m. 28 cent.) pour l'avenue du milieu, et 7 toises (13 mèt. 64 cent.) pour chacune des contr'allées.

La hauteur sous clef des arches est de 30 pieds

(9 mèt. 74 cent.) à partir de la naissance des voûtes qui est établie aux basses eaux; la courbure du cintre primitif des voûtes a été faite avec onze centres; les têtes sont des portions d'arcs, dont le rayon est de 150 pieds (48 mèt. 60 cent.); le raccordement entre les têtes et le cintre primitif des voûtes, est formé par des cornes de vache en voussures, portant sur les avant et arrière becs, dont la courbure du plan est pareille à celle des voûtes.

On a donné aux piles 13 pieds (4 mèt. 22 cent.) de largeur, et l'on auroit pu, en toute rigueur, les réduire à 10 pieds (3 mèt. 24 cent.), dimension double de la longueur que l'on donne à la coupe des clefs, et que l'on regarde comme devant être le *minimum* de l'épaisseur des piles.

La largeur du pont est de 45 pieds (14 mèt. 58 cent.) d'une tête à l'autre, dont 29 pieds (9 mèt. 42 cent.) pour le passage des voitures, et 6 pieds 3 pouces (2 mèt. 03 cent.) pour chaque trottoir, dont l'élévation, au dessus du pavé, est de 15 pouces 0,406 cent.)

La fondation des piles a 21 pieds (6 mèt. 82 cent.) d'épaisseur, à mesurer du dessus des plate-formes en charpente, lesquelles, ainsi que les pilotis, ont encore 2 pieds (0 mèt. 65 cent.) de plus d'empatement au pourtour de la première assise de pierre de taille de ces piles.

Le pavé, les parapets et les chemins aux arrivées

du pont, ont été faits de niveau, en observant sur la largeur du pavé, les pentes convenables pour l'écoulement des eaux. On a donné 16 toises 2 pieds (31 m. 83 cent.) de largeur à chaque extrémité du pont, dans les parties du dessus des culées et des arches de hallage qui ont chacune 14 pieds (4 mèt. 55 cent.) d'ouverture en plein cintre.

Les parapets ont 2 pieds (0 mèt. 65 cent.) d'épaisseur à leur nu, et 3 pieds 7 pouces (1 mèt. 16 cent.) de hauteur au dessus des cordons et plinthes (1).

PONT DE CHATEAU-THIÉRY,

SUR LA RIVIÈRE DE MARNE;

Commencé en 1765, *fini en* 1786.

Le pont de Château-Thiéry est composé de trois arches; celles des extrémités ont 48 pieds (15 mèt.

(1) Le décintrement du pont a été fait le 22 septembre, en présence de toute la Cour, des Ambassadeurs, des Ministres et d'un grand nombre de personnes. Trois minutes et demie ont suffi pour faire tomber les fermes des cinq arches, auxquelles on avoit ôté, quelques jours auparavant, les moises, les liernes horizontales, les contrefiches, et les boulons des moises qui les entretenoient.

On a frappé une médaille à l'occasion de ce décintrement, por-

59 cent.) d'ouverture, et celle du milieu 54 pieds (17 mèt. 54 cent.); elles sont toutes trois surbaissées au tiers de leur ouverture; la largeur d'une tête à l'autre est de 33 pieds (10 mèt. 72 cent.)

Les piles ont 13 pieds 6 pouces (4 mèt. 38 cent.) d'épaisseur, et sont terminées à chaque bout par des avant et arrière becs, dont les côtés sont décrits par des portions d'arcs, avec des rayons de 13 pieds 6 pouces (4 mèt. 38 cent.) de longueur, formant sur leur base, un triangle mixtiligne équilatéral. Elles sont recouvertes pyramidalement en forme de chaperon, au dessus d'une plinthe de couronnement, dont le dessous se trouve 15 pieds (4 mèt. 87 cent.) plus haut que la dernière retraite de fondation.

Chaque culée a 14 pieds (4 mèt. 55 cent.) d'épaisseur, étant fortifiée contre la poussée des voûtes, par des murs évasés sur un angle de 45 degrés, et d'autres, retournés à leur extrémité parallèment aux têtes, chacun de 27 pieds (8 mèt. 77 cent.) de longueur, lesquels viennent se raccorder contre les murs de quai: chacun de ces murs à 6 pieds (1 m. 95 c.) d'épaisseur.

---

tant d'un côté l'effigie du roi, avec ces mots : *Ludovicus XV christianissimus*; au revers, une vue du pont, portant l'inscription suivante : *Novam artis audaciam mirante Sequanâ*; et pour exergue : *Pons ad Lugniacum extructus M. DCC. LXXII.* Cette médaille fut remise au roi, le jour même du décintrement.

Les piles et les culées ont été fondées à 9 pieds (2 mèt. 92 cent.) au dessous de la dernière retraite, et à 12 pieds 9 pouces (4 mèt. 14 cent.) de la naissance des voûtes, sur des pilots espacés de 3 pieds (0 mèt. 97 cent.) de milieu en milieu, avec racinaux et plate-formes en charpente.

La coupe des voussoirs des clefs est de 3 pieds 9 pouces (1 mèt. 22 cent.) à l'arche du milieu, et de 3 pieds 6 pouces (1 mèt. 14 cent.) aux deux arches collatérales; les autres sont prolongés en coupe jusqu'à 5 et 6 pieds ($\frac{\text{1 mèt. 62 cent.}}{\text{1 mèt. 95 cent.}}$) des douelles, se raccordant par leur derrière, avec la hauteur des assises horizontales des timpans; les têtes du pont sont couronnées d'un tore avec cavet, sur une pente de 21 lignes (0 mèt. 47 cent.) par toise (1 mèt. 95 cent.); la hauteur des parapets est de 3 pieds 6 pouces (1 mèt. 14 cent.) sur une épaisseur de 18 pouces (0 mèt. 49 cent.)

PONT DE SAINTE-MAXENCE,

FONDÉ EN 1774, PAR M. DAUSSE, INGÉNIEUR, ET TERMINÉ PAR M. DUMOUTIER, EN 1785.

Le pont de Sainte-Maxence, situé sur la rivière d'Oise et la grande route de Paris en Flandre, est composé de trois arches, chacune de 72 pieds (25 m.

34 cent.) d'ouverture, et de 39 pieds (12 m. 67 c.) de largeur d'une tête à l'autre ; comprenant celle des trottoirs de 4 pieds 6 pouces (1 mèt. 46 cent.) de chaque côté, les culées ont 18 pieds (5 mèt. 85 cent.) d'épaisseur de corps quarré, avec piliers buttans au derrière, de même longueur, et 6 pieds (1 m. 95 c.) de largeur ; les deux intervalles entre ces piliers sont arrondis en demi-cercle, opposant leur convexité au derrière de ces culées, pour en faire reporter la poussée correspondante sur ces piliers buttans.

Les culées sont accompagnées de murs de prolongement de 25 pieds 8 pouces (8 mèt. 34 cent.) de longueur, compris les pilastres, et de 12 pieds (3 mèt. 90 cent.) d'épaisseur ; les murs de rampe ont 26 toises (50 mèt. 67 cent.) On a construit au devant d'une des culées, un chemin de hallage pratiqué sous l'une des voûtes.

Les piles ont 9 pieds (2 mèt. 92 cent.) d'épaisseur, mesurées à leur nu, à la hauteur des plus basses eaux, au dessous desquelles les assises forment chacune retraite de 18 pouces (0 mèt. 49 cent.) de saillie les unes sur les autres; le tout est fondé sur pilotis, racinaux et plate-formes en charpente.

Les piles ont 18 pieds (5 mèt. 84 cent.) de hauteur, qui est celle des grandes eaux, compris leur couronnement; elles sont composées de piliers circulaires, chacun de 9 pieds (2 mèt. 92 cent.) de diamètre en forme de colonnes grouppées à chaque bout des piles;

la demi-épaisseur de la première et celle de la dernière, qui se trouvent au-delà du nu des têtes du pont, tiennent lieu d'avant et d'arrière becs; l'intervalle entre ces grouppes de colonnes laisse une ouverture de 9 pieds (2 mèt. 92 cent.) de largeur, au milieu de la longueur des piles ; cette ouverture est faite en arc renversé par en bas, et terminée dans le haut, par des lunettes qui pénètrent les voûtes ; le tout est également figuré aux culées, dans lesquelles il a été fait un enfoncement.

Les voûtes sont faites en portions d'arcs décrits sur un rayon de 111 pieds (35 mèt. 16 cent.); elles ont 4 pieds 6 pouces (1 mèt 46 cent.) d'épaisseur à leurs clefs; le pont est accompagné de quatre pyramides placées sur les pilastres du bout des murs de prolongement des culées; il est situé sur un alignement qui a été ouvert dans la ville, et qui se prolonge de part et d'autre sur une lieue de longueur totale.

PONT DE BRUNOI,

Commencé en 1784, *fini en* 1787.

Le pont de Brunoi, situé sur la rivière d'Yères, est composé de trois arches, chacune de 18 pieds (5 mèt. 85 cent.) d'ouverture : les piles ont 3 pieds 6 pouces (1 mèt. 14 cent.) d'épaisseur, et les culées 10 pieds

(3 mèt. 35 cent.); ces dernières sont terminées par des pilastres de 5 pieds (1 mèt. 62 cent.) de largeur, et de 3 pieds 9 pouces (1 mèt. 22 cent.) de saillie, le tout mesuré au nu des paremens et au dessus des deux assises de retraite, qui sont établies sur un radier de 3 pieds (0 mèt. 97 cent.) d'épaisseur en maçonnerie, lequel est prolongé de 4 pieds (1 mèt. 30 cent.) parallèlement aux têtes du pont, et retenu à chaque bout par une file de pieux et de palplanches coîffés d'un cours de chapeaux.

La largeur du pont est de 28 pieds 6 pouces (9 mèt. 26 cent.) entre les deux têtes, compris 16 pouces (0 mèt. 34 cent.) pour l'épaisseur de chaque parapet. On a fait un trottoir en pierre de taille, de 3 pieds (0 mèt. 97 cent.) de largeur; les voûtes sont faites en portion d'arc de cercle décrit avec un rayon de 18 pieds (5 mèt. 85 cent.) de longueur, et leurs naissances sont établies de niveau, à 7 pieds (2 mèt. 27 cent.) au dessus de la deuxième assise de retraite; les voussoirs des clefs ont 2 pieds (0 mèt. 65 cent.) de coupe, et les autres sont prolongés et arrasés de niveau jusque dessous l'entablement du couronnement du pont.

Les piles sont terminées à chaque bout par des piliers circulaires, encastrés d'un quart dans le corps de la maçonnerie, et diminuées de 3 pouces (0 mèt. 08 cent.) de chaque côté par le haut, pour en réduire le diamètre à 3 pieds (0 mèt. 97 cent.); elles sont figurées également sur moitié de leur épaisseur contre les culées.

La courbure qui avoit été surhaussée de 4 lignes (0 mèt. 09 cent.), ne s'est affaissée que d'environ 1 ligne (0 mèt. 02 cent.) après le décintrement. Ce pont a été construit par M. Foucherot, ingénieur des ponts et chaussées.

PONT DE ROSOI,

SITUÉ SUR LA ROUTE DE PARIS A SEZANNE;

Commencé en 1786, *fini en* 1787.

Le pont de Rosoi est composé de deux arches de 24 pieds (7 mèt. 80 cent.) d'ouverture, terminées en portion d'arc dont le rayon a pareille longueur de 24 pieds (7 mèt. 80 cent.), et la flèche 3 pieds (0 mèt. 97 cent.)

Les culées ont 12 pieds (3 mèt. 90 cent.) d'épaisseur, et la pile d'entre les deux arches, 6 pieds (1 m. 95 cent.), le tout mesuré au dessus des deux assises de retraite; les voussoirs ont 2 pieds 6 pouces (0 m. 81 cent.) de longueur de coupe à la clef; la largeur du pont est de 33 pieds (10 met. 72 cent.) d'une tête à l'autre; il est fondé, ainsi que les murs en ailes, sur pilotis, racinaux et plate-formes de charpente.

PONT DE LA CONCORDE,

CONSTRUIT SOUS L'INSPECTION ET LA CONDUITE DE M. DUMOUTIER, INGÉNIEUR EN CHEF DU DÉPARTEMENT DE LA SEINE (1);

Commencé en 1787, *fini en* 1792.

LE pont de la Concorde est placé au droit de la place de même nom (ci-devant Louis XV), sur l'alignement du milieu de la rue de la Concorde et du palais du Corps législatif. La distance de ce pont à celui des Tuileries est de 430 toises (838 mèt. 07 cent.). Il est composé de cinq arches : celle du milieu a 96 pieds (31 mèt. 18 cent.) d'ouverture ; les deux collatérales chacune 87 pieds (28 mèt. 26 cent.), et celles qui joignent les culées, 78 pieds (25 mèt. 34 cent.) chacune. Sous la première arche, du côté de la place, est établi un chemin de hallage. Le dé-

(1) Une chose remarquable, c'est que, Perronet, jeune encore, et lorsqu'il étudioit l'architecture au Louvre, l'Académie proposa, pour programme d'un prix de mois, le projet d'un pont à construire en face de la nouvelle église de la Madeleine ; Perronet remporta le prix.

bouché du pont est de 426 pieds (138 mèt. 38 cent.), lequel excède de 88 pieds (28 mèt. 59 cent.) celui des cinq arches du pont royal.

La largeur du pont entre les deux têtes est de 48 pieds (15 mèt. 59 cent.), compris 7 pieds 6 pouces (2 mèt. 44 cent.) pour chaque trottoir; les piles ont 9 pieds (2 mèt. 92 cent.) d'épaisseur, mesurées à leur nu au dessus des fondations; celles-ci sont établies par assises en retraite, sur pilotis, racinaux et plateformes en charpente, formant empatement de 5 pieds (1 mèt. 62 cent.) tout au pourtour.

Chaque pile est composée, à ses extrémités, de deux corps quarrés, chacun de 11 pieds 3 pouces (3 mèt. 65 cent.) de longueur, mesurés d'après l'alignement des têtes; ils sont terminés à chaque bout par un pilier rond de 9 pieds (2 mèt. 92 cent.) de diamètre en forme de colonne, engagé d'un quart de son diamètre dans les corps quarrés formant les avant et arrière becs, ayant toute leur saillie de 6 pieds 9 pouces (2 mèt. 19 cent.) au-delà des têtes du pont. Ces piliers sont élevés, compris leurs astragale et chapiteaux, jusque sous l'entablement du pont. Les culées ont 60 pieds (19 mèt. 49 cent.) de longueur, et 50 pieds (16 met. 24 cent.) de largeur; le massif est évidé au derrière.

Les voûtes sont en arcs de cercle, décrits avec des rayons qui ont depuis 119 pieds (38 mèt. 66 cent.), jusqu'à 129 pieds (41 mèt. 90 cent.); les naissances sont toutes de niveau, à 18 pieds (5 mèt. 87 cent.) au dessus des plus basses eaux : les voûtes ont 4 pieds (1 mèt. 30 cent.) d'épaisseur à leurs clefs; les voussoirs du milieu des voûtes comprennent une partie de l'entablement, lequel a 4 pieds 6 pouces (1 mèt. 46 cent.) de hauteur; il est de niveau sur l'arche du milieu, et en pente de 2 pouces (0 mèt. 54 cent.) par toise (1 mèt. 99 cent.) de part et d'autre sur les autres arches, à l'exception de la partie qui est sur les colonnes.

On a posé sur les têtes du pont, une balustrade servant de garde-fou, pareille à celle du pourtour de la place de la Concorde. La partie du pavé du milieu du pont, est établie de niveau, sur 24 pieds (7 mèt. 80 cent.) de largeur, et le surplus en pente de part et d'autre, à raison de 2 pouces (0 mèt. 54 cent.) par toise (1 mèt. 99 cent.); la banquette des trottoirs se trouve à 15 pouces (0 mèt. 41 cent.) de hauteur parallèlement au dessus du pavé.

Sur les colonnes des têtes du pont, et sur les pilastres et les socles de pierre, on devoit élever des pyramides en fer, de 18 pieds (5 mèt. 85 cent.) de hauteur, pour porter un globe de verre dans lequel on placeroit des lampes à réverbère pour éclairer le pont.

La dépense totale, suivant le détail estimatif, s'est élevée à 3,001,793 liv.

PONT DE NEMOURS,

PROJETÉ POUR ÊTRE CONSTUIT SUR LA RIVIÈRE DE LOING, ROUTE DE PARIS A LYON (1).

Le pont projeté à Nemours, sur la rivière de Loing, est composé de trois arches, chacune de 47 pieds (15 mèt. 27 cent.) d'ouverture. La courbe génératrice des voûtes est une portion d'arc de cercle dont le rayon est de 15 toises 3 pieds (30 m. 86 c.), ayant leur naissance à 1 pied (0 mèt. 32 cent.) au dessus des hautes eaux, où se termine le corps des piles; les clefs des têtes ont 3 pieds (0 mèt. 97 cent.) de longueur de coupe; elles sont couronnées par un cordon qui a 1 pied 6 pouces (0 mèt. 49 cent.) de hauteur, et qui règne sur les murs d'épaulement et sur les murs de rampe qui accompagnent ces derniers; la hauteur du parapet au dessus du cordon, est de 4 pieds 6 pouces (1 mèt. 46 cent.), et leur épaisseur de 1 pied 4 pouces (0 mèt. 43 cent.) non compris le filet qui les termine, et qui est au-delà du plan des têtes; les trottoirs sont 3 pieds (0 mèt.

(1) Ce pont vient d'être exécuté avec des changemens, et terminé en l'an XIII (1805).

97 cent.) plus bas que la ligne supérieure des parapets, et ont de largeur 5 pieds (1 mèt. 62 cent.): celle pour le passage des voitures est de 4 toises (7 mèt. 80 cent.), ce qui donne pour largeur totale, entre les deux têtes, 5 toises 4 pieds (11 mèt. 04 cent.)

Les parapets et les trottoirs vont se terminer aux pilastres placés à la fin des murs d'épaulement d'équerre au pont; le tout est arrondi en quart de cercle aux angles du pont.

Les piles ont 6 pieds (1 mèt. 95 cent.) d'épaisseur mesurées à leur nu, à la hauteur des plus basses eaux, au dessous desquelles les assises forment chacune retraite de 14 pouces (0 mèt. 38 cent.) les unes sur les autres; leur hauteur est de 18 pieds (5 m. 85 c.); leur couronnement qui arrive à la ligne des hautes eaux, ainsi que la partie entre ce couronnement et les naissances, sont de forme octogone; les piles sont formées de piliers circulaires de 6 pieds (1 m. 95 c.) de diam. en forme de colonnes grouppées à chaque bout des piles; la demi-épaisseur de la première et celle de la dernière qui se trouvent au-delà du nu des têtes du pont, tiennent lieu d'avant et arrière becs; l'intervalle d'entre ces grouppes de colonnes laisse une ouverture de 10 pieds (3 mèt. 25 cent.) de largeur au milieu de la longueur des piles, terminée au haut par des lunettes qui pénètrent les voûtes; le tout est également figuré aux culées dans lesquelles on a fait un renfoncement.

Les murs de rampe, du côté de la ville, et celui en amont, du côté du faubourg, sont perpendiculaires au pont et dans le prolongement des épaulemens ; le quatrième en aval, oblique aux têtes, est éloigné à son origine, du parement extérieur du mur d'épaulement, de 5 toises 2 pieds (10 mèt. 39 cent.), et est raccordé avec celui-ci, par un mur en retour parallèle au pont. On a profité de cette forme donnée par la nature des lieux, pour pratiquer un escalier, moitié en dedans, moitié en dehors de ce mur en retour, qui descend à la rivière et conduit dans l'ouverture qui se trouve entre les grouppes de colonnes, au moyen d'un passage formé dans le sens de la longueur de la culée.

Les culées ont 13 pieds (4 mèt. 22 cent.) d'épaisseur de corps rectangulaire, et sont accompagnées de trois piliers buttans, dont les intervalles, qui les séparent, sont arrondis en arc de cercle contre les culées ; le pilier du milieu a 8 pieds (2 mèt. 60 cent.) d'épaisseur, et les deux autres chacun 5 pieds (1 mèt. 62 c.), sur une longueur commune de 13 pieds (4 m. 22 cent.) ; les murs d'épaulemens ont 9 pieds 6 pouces (3 mèt. 09 cent.) d'épaisseur, et 16 pieds (5 mèt. 20 cent.) de longueur, compris celle des pilastres ; le tout est fondé sur pilotis, racinaux et plate-formes de charpente.

CHAPITRE II.

PONT DE MELUN,

SUR LA SEINE;

Projeté en 1772.

Le pont de Melun, d'une seule arche, a 150 pieds (48 m. 72 cent.) d'ouverture. Sa largeur est de 39 pieds (12 mèt. 67 cent.) d'une tête à l'autre, compris 4 pieds 6 pouces (1 mèt. 46 cent.) de trottoirs de chaque côté. Le centre primitif est décrit avec un rayon de 200 pieds (64 mèt. 97 cent.), et celui de l'arc des têtes avec un rayon de 300 pieds (97 mèt. 45 cent.) pour former des cornes de vache de l'un à l'autre de ces arcs.

L'épaisseur de la voûte à la clef est de 5 pieds (1 m. 62 cent.). La grande arche est accompagnée de deux autres arches, chacune de 30 pieds (9 m. 75 c.) d'ouverture, dont les voûtes sont aussi faites en portion d'arcs avec un rayon de 30 pieds (9 m. 75 c.): elles ont 3 pieds 6 pouces (1 mèt. 14 cent.) d'épaisseur à la clef.

L'épaisseur de la culée entre la grande et la petite arche, est de 42 pieds (13 mèt. 64 cent.): chacune des autres a 12 pieds (3 mèt. 90 cent.). Le tout sur 73 pieds (23 mèt. 71 cent.) de longueur, qui est aussi celle des petites arches, pour former une place de chaque côté du pont, qui a 70 pieds (22 mèt. 74 cent.) de largeur entre les parapets, et 60 pieds (19 m. 49 cent.) de longueur entre les pilastres. Ces pilastres ont chacun 9 pieds (2 mèt. 92 cent.) en quarré, et accompagnent les têtes du pont.

La hauteur de la grande arche est de 24 pieds (7 m. 80 cent.) sous clef, mesurée depuis le dessus des plus basses eaux ; et sa pente est réglée à raison de 2 pieds (0 mèt. 54 cent.) par toise (1 mèt. 95 cent.) du milieu de ce pont.

PONT DE LA SALPÉTRIÈRE,

VIS-A-VIS LE JARDIN DES PLANTES;

Projeté en 1773.

Le pont de la Salpétrière en charpente, devoit être construit sur la Seine, à Paris, au droit du nouveau boulevart de la Salpétrière. Il est composé de sept travées, chacune de 90 pieds (29 mèt. 24 cent.) d'ouverture, à compter du milieu des six palées doubles, et des paremens des culées qui sont en maçonnerie. La distance d'une culée à l'autre est de 105 toises (204 mèt. 65 cent.), et la largeur du pont de 27 pieds (8 mèt. 77 cent.), compris l'épaisseur des garde-fous.

Les doubles files de pieux, dont l'espacement est de 6 pieds (1 mèt. 95 cent.) de milieu en milieu sur leur largeur, sont moisées à fleur d'eau, et aussi en écharpe au dessus : elles sont coîffées de chapeaux avec blochets au dessus, à la hauteur de 12, 14 et 16 pieds (3 mèt. 90 cent.) (4 m. 55 cent.) (5 mèt. 20 cent.) pour les première, deuxième et troisième palées de chaque côté des culées. Le tout à compter du dessus des basses eaux. Ces blochets servent à porter des poinçons et des jambes de force qui reçoivent un premier cours double d'arbalétriers, posés jointivement à redans et boulonnés ; deux autres arbalétriers isolés, assemblés d'un bout sur les mêmes jambes de force, et de l'autre dans les premières moises pendantes ; et de plus, un autre cours d'arbalétriers aux têtes, dont celui du milieu sert de lisse ou de garde-fou, sont assemblés avec quatre cours de moises pendantes, dont celles des têtes embrassent les garde-fous. Ces moises sont boulonnées ; savoir, les longues en trois endroits, et les courtes en deux seulement. D'autres moises horizontales embrassent les premières moises pendantes sur la largeur du pont. C'est sur les fermes que forme cet assemblage, que sont établies les poutrelles, les pièces de pont, les couchis et les garde-fous, et que l'on doit poser le pavé.

On a placé à chaque travée et de chaque côté du bas des fermes, deux contre-fiches ou guettes, portant d'un bout sur les blochets, et diagonalement de l'autre contre les deuxièmes moises pendantes de la ferme du milieu, pour contre-venter le pont.

Les brise-glaces sont formés avec quatre pieux, battus sur l'alignement du milieu de la palée, moisés par bas et coîffés d'un chapeau, lequel est tenu contre les pieux avec des étriers de fer qui y sont encastrés et boulonnés jusqu'au dessous des secondes moises horizontales, se terminant au premier pieu. On a posé sur cette seconde moise une contre-fiche, qui est assemblée par le haut à tenons et à mortaises dans le poinçon du dessous des poutrelles de rive. On devoit battre du côté d'aval un pieu de buttée, moisé comme les précédens, et on a posé une contre-fiche sur la seconde moise qui est assemblée comme celle dont on vient de parler. Les pieux du dessus du pont et celui du derrière de chaque palée, sont battus obliquement et en sens contraire de part et d'autre, du milieu du pont; ceux des avant-becs doivent être battus à plomb.

Le pont a 6 pieds (1 mèt. 95 cent.) de pente de part et d'autre, du milieu, ce qui donne 1 pouce et demi (0 mèt. 04 cent.) par toise (1 mèt. 95 cent.)

PONT SUR LA SAONE, A LYON,

EN PLACE DU PONT DE BOIS DE L'ARCHEVÊCHÉ;

Projeté en 1774.

Ce pont est composé de trois arches; celle du milieu a 108 pieds (35 mèt. 08 cent.) d'ouverture, et celles des extrémités chacune 96 pieds (31 mèt. 18 cent.). Les naissances sont de niveau, 5 pieds 8 pouces (1 m. 84 cent.) au dessous des basses eaux.

La courbe génératrice des voûtes, est une portion d'arc de cercle dont le rayon, pour l'arche du milieu, est de 111 pieds 6 pouces (36 mèt. 22 cent.); ce qui donne 15 pieds 8 pouces (5 mèt. 09 cent.) de flèche, et 10 pieds (3 mèt. 25 cent.) de hauteur sur les basses eaux; et pour les deux autres arches, de 120 pieds (38 mèt. 98 cent.); ce qui donne 11 pieds (3 mèt. 57 cent.) de flèche, et 5 pieds 4 pouces (1 m. 73 cent.) de hauteur sur les hautes eaux.

L'épaisseur des voûtes jusqu'au niveau des trottoirs, qui est aussi la ligne supérieure du pavé, est de 6 pieds (1 mèt. 95 cent.). La largeur du pont entre les têtes est de 44 pieds (14 mèt. 29 cent.), et celle des trottoirs de 6 pieds (1 mèt. 95 cent.).

Les parapets qui règnent sur les têtes, les murs en

retour d'équerre aux mêmes têtes, et sur les murs des quais obliques, ont 4 pieds (1 mèt. 30 cent.) de hauteur au dessus des trottoirs, lesquels s'arrêtent aux pilastres qui terminent les murs en retour.

Les piles ont 12 pieds (3 mèt. 90 cent.) d'épaisseur depuis les basses eaux jusqu'aux naissances. Cette épaisseur augmente à chaque assise, depuis les basses eaux jusqu'aux plate-formes, où elle est de 18 pieds (5 mèt. 85 cent.) environ. Les avant et arrière becs sont demi-cylindriques, de 6 pieds (1 mèt. 95 cent.) de rayon au dessus des basses eaux, et se terminent d'une manière analogue au corps des piles, au dessous.

Les culées ont 6 toises (11 mèt. 69 cent.) d'épaisseur de corps rectangulaire pour toute la largeur du pont, compris celle des demi-piles, et sont terminées au derrière par trois piliers buttans, d'égale longueur et d'une largeur approchant de l'intervalle qui les sépare.

L'épaisseur des murs en retour et des murs de quai, près des fondations, est de 12 pieds (3 mèt. 90 cent.)

Le tout est fondé sur pilotis, racinaux et plate-formes en charpente, à 16 pied (5 mèt. 19 cent.) environ au dessous des basses eaux pour les piles, et 6 pieds (1 mèt. 95 cent.) pour les culées.

PONT DE MORET,

SUR LA RIVIÈRE DE LOING;

Projeté en

Ce pont est composé de trois arches de 78 pieds (25 mèt. 34 cent.) d'ouverture chacune : il est biais à la direction de la rivière, et son angle d'obliquité est de 126 degrés (111 mèt. 6 déc.) en aval. La courbe génératrice des voûtes est une portion d'arc de cercle dont le rayon est de 144 pieds (46 mèt. 78 cent.); leur surface est engendrée par le mouvement de cet arc toujours parallèlement à la direction du pont, son centre étant assujéti à se trouver constamment sur une droite horizontale parallèle à la direction de la rivière. Leur naissance est établie aux hautes eaux, et l'épaisseur, à la clef des têtes, est de 4 pieds (1 mèt. 30 cent.). La hauteur du cordon qui couronne les têtes, compris celle des parapets, est de 5 pieds (1 mèt. 62 cent.). La largeur du pont, entre les têtes, est de 39 pieds (12 mèt. 67 cent.); et celle des trottoirs, de 5 pieds (1 mèt. 62 cent.)

Le cordon, les parapets et les trottoirs se prolongent de 5 toises (9 mèt. 75 cent.) de chaque côté des culées sur les murs de quai. L'épaisseur des parapets est de

18 pouces (0 mèt. 49 cent.); ils se terminent à un pilastre : le tout est arrondi à la rencontre des têtes du pont avec les murs de quai.

Chaque pile est composée, depuis les basses jusqu'aux hautes eaux, de huit piliers cylindriques, dont les centres sont placés aux angles de deux corps de murs séparés, en forme de parallélipipède obliquangle, dont le côté parallèle aux têtes du pont a 7 pieds 6 pouces (2 mèt. 44 cent.), et celui suivant la longueur de la pile, 10 pieds (3 mèt. 25 cent.); le tout placé de manière que les piliers ou colonnes ont l'arête la plus éloignée dans le plan même des têtes du pont.

D'après cette disposition, il n'y a point d'avant et arrière becs. Pour remplacer les premiers qui devenoient seuls nécessaires, on a formé en amont du pont un corps cylindrique qui embrasse les deux colonnes des têtes du pont, lequel corps s'avance de 5 pieds (1 mèt. 62 cent.) au-delà des mêmes têtes, et s'élève de 4 pieds (1 mèt. 30 cent.) au dessus des basses eaux.

Les trois-quarts des piles sont figurées sans aucun changement aux deux culées.

Au dessous des basses eaux, les piles et les culées sont composées d'assises formant retraite et régnant sur toute la longueur. Le tout est fondé sur pilotis, racinaux et plate-formes de charpente.

L'ouverture qui se trouve au milieu de chaque pile

et de chaque culée, est terminée au haut par une lunette qui pénètre les voûtes du pont. La partie des assises au dessous des basses eaux qui répond à cet intervalle, est appareillée de manière à lui faire porter une portion du poids du pont.

La hauteur des piles depuis les basses eaux jusques aux naissances est de 12 pieds (3 mèt. 90 cent.). Les colonnes sont couronnées par un chapeau de forme pentagonale ; leur rayon est de 3 pieds (0 mèt. 97 cent.).

L'épaisseur des murs de quai, ainsi que celle des culées, est de 9 pieds (2 mèt. 92 cent.). Ces dernières sont renforcées au derrière par trois piliers buttans, de 20 pieds (6 mèt. 50 cent.) de longueur moyenne, et de 6 pieds (1 mèt. 95 cent.) d'épaisseur; laissant entr'eux des intervalles de 10 pieds (3 mèt. 25 cent.) de large. Ces intervalles sont arrondis en arc de cercle tournant leur convexité vers les culées, pour en reporter la poussée sur les piliers buttans. Ces piliers sont terminés d'équerre à leur longueur et non parallèlement à celle des culées et des piles.

La naissance des voûtes paroît, aux têtes du pont, être établie au dessus des basses eaux; mais on remarquera que c'est l'avancement des demi-colonnes sur le plan des deux corps de mur des piles qui produit cet effet, et que les voûtes descendent encore et vont prendre naissance à la ligne supérieure et extérieure de ces deux corps de mur, laquelle ligne est aussi celle des hautes eaux. C'est pour ne pas laisser saillir sans appui les demi-colonnes qui s'avancent, qu'on les a montées au dessus de leur couronnement jusqu'aux voûtes.

PONT DE PONTOISE,

Projeté en 1772.

Le pont projeté pour être construit à Pontoise, est composé de trois arches, chacune de 90 pieds (29 mèt. 24 cent.) d'ouverture, décrites en portion d'arc de cercle de 25 toises 5 pieds 6 pouces (50 mèt. 52 cent.) de rayon, ce qui donne 6 pieds 8 pouces (2 mèt. 27 cent.) de flèche au dessus des naissances qui sont établies à la ligne des hautes eaux. L'épaisseur des voûtes à la clef, est de 5 pieds (1 mèt 62 cent.); elles sont arrasées de niveau et leurs têtes couronnées d'un cordon qui se prolonge jusques aux extrémités des murs de rampes qui accompagnent des murs en retour circulaires ; la hauteur des parapets, compris celle du cordon, est de 5 pieds 4 pouces 11 lignes (1 m. 76 cent.); les trottoirs sont établis 3 pieds (0 mèt. 97 cent.) au dessous de la ligne supérieure des parapets et ont 4 pieds 6 pouces (1 mèt. 46 cent.) de largeur; ils se terminent, ainsi que les trottoirs, au commencement des murs de rampes, ceux-ci le sont par un appui d'une hauteur moindre que celle des parapets.

La largeur du pont, entre les têtes, est de 39 pieds (12 mèt. 67 cent.); les piles sont formées chacune de deux corps de mur rectangulaires de 9 pieds 3 pouces (3 mèt. 00 cent.) d'épaisseur, et de 13 pieds (4 mèt. 22 cent.) de longueur, laissant entr'eux un intervalle de même dimension, et ayant à chaque angle un pilier cylindrique engagé du tiers. L'axe de chaque pilier se trouve toujours, dans une des faces qui terminent les deux corps de mur, parallèlement aux têtes; le tout depuis les basses eaux jusques aux naissances.

Au dessous des basses eaux, les piles sont composées d'assises en retraite dans toute la longueur. Les avant et arrière becs, sont formés pour chaque pile, des quatre demi-colonnes qui se trouvent au-delà des plans des têtes du pont. L'intervalle qui se trouve au milieu de chaque pile, est terminé au haut par des lunettes qui pénètrent les voûtes, et au bas par une assise horizontale dont les plans de joints concourent à un centre : des demi-piles de même construction sont également figurées aux culées.

Un chemin de hallage est établi contre une des culées, soutenu par des murs en talus d'équerre au pont dans toute sa largeur, et retournés en ligne droite au droit des murs en retour circulaires qui sont à gauche et à droite des culées, reprenant ensuite une direction parallèle aux murs de rampe, et n'étant alors soutenus que par un glacis en terre, parmenté à pierre sèche ; le tout établi, ainsi que les piles et les culées sur pilotis, racinaux et plate-formes de charpente.

On a pratiqué dans chaque mur, en retour cylindrique, un vide de même forme, voûté, dans lequel on arrive par le moyen de portes pratiquées latéralement dans la direction de la partie du chemin de hallage correspondant aux murs de rampe ; l'objet de ces ouvertures, est de diminuer le massif de la maçonnerie.

Les culées sont accompagnées au derrière de deux piliers buttans, laissant entr'eux un intervalle de mêmes dimensions qu'eux, arrondi en demi-cercle ; opposant sa convexité au derrière des culées pour en reporter la poussée sur ces piliers.

PONT SUR LA NÉVA, A St.-PÉTERSBOURG ;

POUR REMPLACER LE PONT DE BATEAUX QUI Y EXISTE.

Projeté en 1778.

Ce pont est composé de sept arches, six piles et deux culées ; l'arche du milieu, destinée pour le passage des vaisseaux, au moyen d'un pont levis, doit avoir 60 pieds (19 mèt. 49 cent.) d'ouverture ; les trois arches suivantes de chaque côté ont 18 toises (35 m. 08 cent.), 16 toises (31 mèt. 18 cent.) et 14 toises (27 m. 29 c.); l'épaisseur des piles du milieu est de 30 pieds (9 m. 75 c.); les autres 27 et 24 pieds (8 m. 77 c. et 7 m. 80 c.) successivement; les demi-piles des culées, ont 12 pieds (3 mèt. 90 cent.), le tout mesuré au dessus des retraites des fondations; la largeur du pont est de 56 pieds (18 mèt 19 cent.) entre les têtes, compris 12 pieds (3 mèt. 90 cent.) pour chaque trottoir et 2 pieds (0 mèt. 65 cent.) de plus pour les parapets, indépendamment d'un corps saillant de 3 pieds (0 m. 97 cent.), qui est fait au bout de chaque pile.

Les voûtes sont décrites avec onze centres, avec des cornes de vache dont le rayon de l'arc des têtes est de 125 pieds 8 pouces 9 lignes (40 mèt. 84 cent.), pour l'arche de 18 toises (35 mèt. 08) d'ouverture; leurs naissances, ainsi que celles des voûtes, sont établies à la hauteur des basses eaux; le dessous du couronnement des avant et arrière becs, est également posé de niveau à la hauteur des plus hautes eaux; pour mieux résister au choc des glaces, on a renforcé les piles d'un second avant-bec de forme triangulaire tangent au premier, en inclinant les dessus sur un angle de quarante-cinq degrés, et les terminant en portions d'arc, ainsi qu'au sommet des triangles que forme leur base.

Pour l'établissement du pont levis, qui a 60 pieds (19 mèt. 49 cent.) de longueur et les tabliers chacun

30 pieds (9 mèt. 75 cent.), on a élevé sur les deux piles du milieu, un bâtiment en forme d'arc de triomphe, décoré de bas-reliefs avec inscriptions, et terminé par un trophée d'armes qui doit figurer dans le milieu sur les quatre faces.

GRANDES ARCHES.

Recherches sur les moyens que l'on pourroit employer pour construire de grandes arches en pierre, de 200, 300, 400 *et jusqu'à* 500 *pieds d'ouverture, qui seroient destinées à franchir de profondes vallées, bordées de rochers escarpés.*

Le mémoire de M. Perronet sur la construction des grandes arches, est divisé en cinq sections; les quatre premières ont pour objet la construction de l'arche de 500 pieds (160 mèt. 74 cent.); et la cinquième concerne les arches d'une moindre ouverture. Dans la première il examine le choix que l'on doit faire de la pierre pour qu'elle puisse résister à la pression à laquelle elle doit être exposée; on doit préférer la pierre la plus dure que l'on pourra trouver; elle doit être sans fil ni moye, dont les bancs de carrière puissent porter au moins 18 pouces (0 mèt. 49 cent.) de hauteur taillés au vif, la plus grande longueur de coupe, étant de 7 pieds (2 mèt. 27 cent.) dans le haut de la voûte, et celle des douelles de 4 et 5 pieds (1 m. 30 c. et 1 m. 62 c.); la pierre la moins dure que l'on puisse employer doit peser environ 150 livres (733 h. 72 d.) le pied cube, et la plus dure jusqu'à environ 180 livres (880 hect. 47 déc.), en préférant de placer les plus dures, jusqu'à hauteur d'environ 30 degrés (ancienne division), parce que les voussoirs supérieurs se trouvent d'autant moins comprimés, qu'ils sont plus élevés en s'approchant de la clef.

Parmi le grand nombre d'expériences, que M. Perronet a faites sur la dureté des pierres, pour en écraser des échantillons qui n'avoient que 2 pouces (0 mèt. 054 cent.) en quarré et 1 pouce (0 m. 027 c.) de hauteur, avec une machine, dont la force de pression, étoit élevée jusqu'à 30 milliers (146,745 hect. 00 déc.), il a reconnu que ceux de ces échantillons provenant de la carrière de Saillancourt, près Meulan, ont supporté un poids moyen de 7,375 livres (36,074 h. 81 déc.), ce qui produit pour un pied quarré (0,105 de mètre quarré), 265,680 livres (129,957 h. 37 d.). C'est d'après ces expériences, que l'on a entrepris de construire le pont de Neuilly.

On doit observer qu'un gros quartier de pierre doit résister sous la pression, beaucoup plus en raison de sa masse, que n'ont pu le faire de petits échantillons. Les expériences ont fait connoître, que la résistance de la pierre n'est pas toujours en raison de son poids, mais qu'il y influe plus généralement.

Dans la seconde section, on examine la composition des cintres, et les moyens de les élever. Lorsque les arches n'ont pas au dessus de 120 pieds (38 m. 97 c.) d'ouverture, on peut employer des cintres retroussés qui ne sont appuyés que contre les culées et les piles; mais quand ces arches passent cette ouverture, les cintres ont besoin alors d'être soutenus, soit par de forts pieux, soit sur des piliers ou des arcades de maçonnerie ou de briques.

Pour établir les cintres de l'arche de 500 pieds (160 m. 74 cent.) demi-circulaire, sur une vallée dont la profondeur auroit au moins 250 pieds (80 mèt. 37 cent.), et seroit bordée de rochers escarpés qui lui serviroient de culées, on élève provisoirement six piles en pierre de taille, ou libage débrutis; les quatre piles du milieu, étant espacées à 100 pieds (32 mèt. 15 cent.), de milieu en milieu, ayant 10 pieds (3 mèt. 22 cent.) au sommet; les deux dernières piles étant éloignées de 50 pieds (16 mèt. 08 cent.) du parement des culées et de pareille distance des piles précédentes, leur épaisseur réduite à 8 pieds (2 mèt. 60 cent.) dans le haut: elles ont toutes 60 pieds (19 m. 30 c.) de longueur, et un talus de 4 lignes (0 mèt. 09 cent.) par pied (0 mèt. 32 cent.) de hauteur; pour faciliter le service, on a pratiqué dans chaque pile, au droit de chaque échafaud, des ouvertures servant de passage d'un côté à l'autre.

Les fermes au nombre de six sont composées de

sept cours d'arbalétriers, chacun de 18 à 21 pouces (0 m. 487 c. à 0 m. 568 c.) de grosseur, et de 21 à 24 pieds (6 m. 82 c. à 7 m. 79 c.) de longueur ; ceux du milieu et les deux premiers du bas sont posés jointivement à redans avec ceux du dessous ; les autres arbalétriers sont posés triangulairement, liés à chaque bout et au milieu de leur longueur, avec des moises pendantes dirigées au centre de l'arche ; d'autres moises horizontales de 9 à 18 pouces (0 m. 244 c. à 0 m. 488 cent.) de grosseur, ainsi que des liernes et contrevents, sont posées pour entretenir les fermes dans leur position verticale ; ces dernières sont soutenues par les piles, au moyen de la prolongation des moises et des pièces en décharge ; la courbure de l'ételon doit être surhaussée de 8 pieds (2 mèt. 60 cent.).

La troisième section a pour objet le décintrement. Lorsque les cintres retroussés n'ont d'autres points d'appui que les culées et les piles, les fermes, en s'affaissant sous la charge des voussoirs, conservent par l'élasticité des bois, une courbure régulière du même genre que celle de l'épure ; il suit de là que l'abaissement de chaque partie des cintres, est proportionnel à la partie de l'ordonnée verticale d'entre la courbe de la voûte et celle de l'ételon. Pour que la courbe ne fasse point de jarret, il faudra donc tâcher de faire descendre les fermes au droit de chaque point d'appui, dans la proportion du résultat moyen de ces ordonnées.

La quatrième section a pour objet la construction des murs d'épaulement et pilastres, trompe sur l'angle en tour creuse, œils de pont et maçonnerie des reins. Les trompes sont décrites avec un rayon de 30 pieds (9 mèt. 74 cent.), ainsi qu'à leur profil. Les œils de pont sont destinés à diminuer la maçonnerie des reins : ils sont au nombre de trois, de chaque côté de la voûte ; le petit axe du grand œil est établi sur la direction d'un angle de 45 degrés de l'arche, et a 50 pieds (16 mèt. 08 cent.) de longueur ; le plus grand axe a 70 pieds (22 m. 73 c.) de longueur ; le grand axe de chacun des deux petits œils du pont, forme un angle de 30 degrés avec celui du précédent ; et partant des foyers, il a 40 pieds (12 m. 99 c.) de longeur, le petit axe a 25 pieds (8 mèt. 04 cent) ; le tout étant symmétrique de chaque côté de la voûte.

La cinquième et dernière section concerne les arches de 200, 300 et 400 pieds (64 mèt. 30 cent., 96 m. 45 cent. et 128 mèt. 59 cent.) d'ouverture. Il est facile de concevoir la construction de ces arches, en considérant que les naissances de l'arche de 400 pieds (128 mèt. 59 cent.) partiroient du niveau du troisième échafaud et qu'elle auroit 100 pieds (32 mèt. 15 cent.) de hauteur ou de longueur de flèche ; la seconde de 300 pieds (96 mèt. 45 cent.) seroit établie à la hauteur du quatrième échafaud, et auroit 50 pieds (16 mèt. 08 cent.) de flèche, et la troisième de 200 pieds (64 m. 30 cent.), se trouveroit plus élevée de 30 pieds (9 mèt.

74 cent. que cet échafaud ; ce qui réduiroit sa hauteur sous clef à 20 pieds (6 mèt. 49 cent.). Toutes ces arches étant formées des segmens supérieurs à leurs cordes, on établiroit les cintres, leurs points d'appui et décharges convenablement à ce qu'elles exigeroient.

CHAPITRE III.

CANAL DE BOURGOGNE,

PAR TONNERRE;

Commencé en 1775.

PLUSIEURS INGÉNIEURS se sont occupés du canal de Bourgogne, et en ont donné différens projets; il doit ouvrir une nouvelle communication entre les deux mers par le milieu de la France, en arrivant d'un bout dans la Saône et le Rhône, et de l'autre dans l'Yone et la Seine. Ce canal procureroit un commerce assuré et florissant sur environ 200 lieues (100 myriam.) de longueur, entre les villes de Marseille, Lyon, Dijon, Paris et Rouen.

A ces grands avantages s'en joindroient d'autres, en ouvrant de nouvelles communications avec le canal, comme l'ont proposé en 1765 M. de la Chyche, ingénieur des fortifications, et M. Bertrand, ingénieur des ponts et chaussées.

L'on s'est occupé de ce grand projet sous le règne de Louis XII, et on en a proposé l'exécution à Henri IV. Louis XV s'en est occupé plus particulièrement, et MM. Perronet et Chezy furent chargés d'examiner tous les projets que l'on avoit présentés. Le résultat du travail de ces deux ingénieurs est consigné dans le mémoire qu'ils présentèrent à M. Bertin, ministre et secrétaire d'Etat. On trouve dans ce mémoire les motifs qui ont déterminé MM. Perronet et Chezy, sur le choix du projet qui fut adopté.

On voit que le canal doit avoir 124800 toises (243235 mèt.) faisant 52 lieues de 2400 toises (4677 m. 60 cent.) depuis la rivière d'Yone, près le village de la Roche, jusqu'à Saint-Jean-de-Laune, où il entre dans la Saône. Ce canal doit ensuite passer par Saint-Florentin, Germigni, Tonnerre, Ancy-le-Franc, Ravière, Buffon, où se trouve le confluent de l'Armançon et de la Brenne; Montbar, Pouillenay au droit de Sainte-Reine, Pouilli-sur-Armançon-en-Auxois, où est établi le point de partage; Chateau-neuf, le pont d'Ouche, le pont de Pany, Plombières, Dijon, Aiseray et Saint-Jean-de-Laune, en côtoyant la rive gauche de l'Armançon jusqu'au dessus de Montbar, ensuite le vallon de la Brenne, la rivière d'Ouche jusqu'à Dijon, et le ruisseau de la Biètre. Son élévation totale, en remontant depuis l'Yone jusqu'au point de partage de Pouilly, est de 921 pieds (299 mèt. 17 cent.) et sa pente jusqu'aux plus basses eaux de la Saône, de 705 pieds (229 mèt. 01 cent.); ce qui donne pour l'excédant de la hauteur de cette dernière rivière sur l'Yone, 216 pieds (70 m. 16 c.).

La largeur du canal dans le fond, est de 30 pieds (9 mèt. 75 cent.), et celle du sommet, de 60 pieds

(19 mèt. 49 cent.) sur 7 pieds 6 pouces (2 m. 44 c.) de profondeur , dont 5 pieds (1 mèt. 62 cent.) pour la hauteur de l'eau. Les levées ou chemins de hallage qui régneront de part et d'autre du canal, auront chacun 18 pieds (5 mèt 85 cent.) de largeur. Le glacis de terre aura 2 pieds (0 mèt. 65 cent.) de base pour chaque pied (0 mèt. 32 cent.) de hauteur du côté du canal , et seulement 18 pieds (0 mèt. 49 cent.) de base sur la même hauteur d'un pied (0 m. 32 c.) au côté opposé. Le tout dressé de niveau d'une écluse à l'autre. Les côtés extérieurs des levées doivent être plantés d'arbres espacés à 18 pieds (5 mèt. 85 cent.) les uns des autres sur la longueur du canal, et à 2 pieds (0 mèt. 65 cent.) du bord extérieur des levées.

Le nombre total des écluses est de 60 : leur chute est de 8 , 10 et 12 pieds (2 mèt. 60 cent.), (3 m. 25 c.) et (3 mèt. 90 cent.), suivant la nature du terrain. Leur largeur est de 16 pieds (5 mèt. 20 cent.) entre les bajoyers, et 16 toises (30 mèt. 18 cent.) de longueur d'une porte busquée à l'autre, pour le passage d'un seul bateau de 15 toises (29 mèt. 24 cent.) de long, et 15 pieds (4 mèt. 87 cent.) de large.

CANAL DE L'YVETTE,

Projeté de 1775 *en* 1777.

Le canal de l'Yvette est destiné à conduire les eaux de cette rivière à Paris, cette ville n'en ayant que très-peu par ses fontaines. M. de Parcieux, de l'Académie des sciences, ayant considéré que les machines établies sur la Seine n'en fournissent qu'une très-petite quantité, fit le projet de ce canal. (Mémoires de l'Académie, 1762, 1766 et 1767). M. Perronet fut nommé pour achever le projet dont les devis et détails n'étoient pas faits, et trouva le moyen de réunir aux eaux de l'Yvette, une partie de celles de la Bièvre. M. de Parcieux prenoit l'Yvette au dessus de Vaugien, à 14800 toises (28845 mèt. 00 cent.) du carrefour de la rue Neuve-Notre-Dame et du Marché-Palu. Il a trouvé qu'avec les ruisseaux et les sources que l'on pourroit y réunir, cette rivière fourniroit au moins 1000 pouces lors des basses eaux, au moyen de plusieurs réservoirs ou retenues.

Perronet a trouvé les mêmes résultats. Il a également reconnu qu'il seroit possible de réunir à ces eaux 450 pouces de celles de la rivière de Bièvre, en y ajoutant les ruisseaux des Mathurins et de Vauhalan, au moyen d'une branche d'aqueduc de 2809 toises

(5474 mèt. oo cent.) qui partiroit de la Bièvre, et arriveroit dans celui de l'Yvette, un peu au-delà de Massy.

Il résulte des nivellemens, que la pente totale, depuis le même endroit où M. de Parcieux devoit faire sa prise d'eau (c'est-à-dire au déversoir de l'ancien moulin d'Étau, jusqu'au bouillon du château d'Arcueil, près de l'Observatoire), est de 45 pieds 7 pouces 7 lignes (14 mèt. 82 cent.), et de 34 pieds 2 pouces (11 m. 11 c.) jusqu'au sol de l'Observatoire. Ce déversoir est de 6 pieds 4 pouces (2 mèt. 06 cent.) plus bas que le fond du réservoir auquel M. de Parcieux se proposoit d'établir la prise d'eau, et cela pour pouvoir porter une partie de l'eau à l'Estrapade.

La prise d'eau de la Bièvre est faite à 48 pieds 9 lignes (15 mèt. 61 cent.) au dessus du bouillon d'eau d'Arcueil, à mesurer du fond du canal, et à 7900 toises (15397 mèt. oo cent.) du carrefour de la rue Notre-Dame et du Marché-Palu.

L'aqueduc d'Yvette doit avoir 17352 toises (33819 m. oo cent.) de longueur, dont 15141 toises (29509 mèt. oo cent.) à découvert ; et 2211 toises (4309 m. oo c.) en quinze parties sous terre. Celui de la partie supérieure de l'Yvette a 4 pieds (1 mèt. 30 cent.) de largeur dans le fond, et 5 pieds (1 mèt. 62 cent.) dans le haut, le tout mesuré dans œuvre, sur 5 pieds (1 m. 62 cent.) de hauteur. On donne 1 pied (o m. 32 c.) de plus de largeur à la partie dans laquelle les eaux de la Bièvre se trouveront réunies à celles de l'Yvette.

La pente de l'aqueduc de l'Yvette doit en général être réglée à raison de 15 pouces (0 mèt. 40 cent.) par 1000 toises (1949 mèt. 00 cent.) dans les souterrains et les aqueducs élevés au dessus de terre ; pour diminuer la dépense, la largeur est réduite, et la pente augmentée, pour que la même quantité d'eau puisse également y passer.

La vîtesse de l'eau dans l'aqueduc, avec la pente de 15 pouces (0 mèt. 40 cent.) par 1000 toises (1949 mèt. 00 cent.) sera, d'après l'expérience, d'environ 1 pied (0 mèt. 32 cent.) par seconde.

Un château d'eau devoit être construit près le carrefour de la route d'Orléans et du nouveau boulevart, un peu au delà de l'Observatoire en partant de Paris.

L'eau arrivoit à ce château d'eau à 12 pieds 11 pouces 4 lignes (4 mèt. 20 cent.) au dessus du bouillon d'eau d'Arcueil, ce qui donnoit la facilité de porter une partie de cette eau au sommet de l'Estrapade, qui est plus élevé de 13 pieds 1 pouce 6 lignes (4 mèt. 24 cent.) que le bouillon d'eau d'Arcueil.

La dépense totale devoit s'élever à 7,826,000 l. Cette somme comprenant généralement tous les frais à faire pour amener à Paris environ 2000 pouces cubes d'eau, ce qui fait plus de cinquante pintes par jour pour chaque habitant, en en portant le nombre à huit cent mille.

PROJET

POUR RENDRE LA LOIRE NAVIGABLE DEPUIS NANTES JUSQU'A PIMBEUF; (EN 1770).

Extrait du rapport de M. Perronet, du 11 *décembre* 1774.

Les États de la ci-devant province de Bretagne avoient demandé à M. le Contrôleur Général, que les travaux nécessaires pour faciliter la navigation de la Loire, au dessous de Nantes jusqu'à Pimbeuf, soient faits sur les droits qui sont destinés à cet usage, et perçus par les engagistes des domaines, et ce en considération de l'utilité que doivent en retirer plusieurs provinces, d'autant que la Bretagne a déjà contribué à cette dépense, pour une somme de 240,000 francs.

Perronet ayant été nommé par arrêt du Conseil, en date du 6 septembre 1769, pour faire la visite de la partie de la Loire d'entre Nantes et Pimbeuf, et faire un devis estimatif des ouvrages à faire pour en rendre la navigation plus facile, s'y est transporté le 15 août 1770, et a fait, en présence des Commissaires des États, un procès-verbal de l'état de cette rivière, arrêté et signé des membres de la commission, le 29 du même mois.

Perronet a fait depuis ce temps les plans, devis et détails estimatifs des ouvrages qu'il a trouvé convenable de proposer, et a remis le tout à M. le Duc de Duras, le 31 octobre suivant, pour les faire passer aux États.

Il résulte du travail de Perronet, que l'on pouvoit alors, avec une somme de 180,000 liv., remédier aux endroits les plus difficiles de cette rivière, et qu'avec une somme peu considérable, qui seroit ensuite destinée annuellement à l'entretien de ces ouvrages et à ceux que les circonstances et les changemens inévitables des sables de la rivière occasionneroient, on pourroit maintenir la navigation en bon état, et ce au lieu des projets faits antérieurement par différens ingénieurs, que l'on faisoit monter jusqu'à six et huit millions.

On a lieu de croire que, depuis cinq ans, époque de la date du procès-verbal de visite, l'état de la Loire ne soit changé et que les digues et autres ouvrages, qui avoient été antérieurement faits, ne se trouvent présentement dégradés, ce qui doit augmenter la dépense proposée ci-devant. Depuis la remise de tous ces papiers, Perronet n'en a plus entendu parler.

CHAPITRE IV.

EXTRAIT

D'un Mémoire de M. Perronet, sur les fondations dans l'eau ; lu à l'Académie des Sciences, le 19 *novembre* 1765.

La méthode des fondations hydrauliques doit dépendre en général de la profondeur d'eau et de la nature du terrain. Telle rivière, comme la Loire, par exemple, ne permet pas d'employer avantageusement les bâtardeaux et épuisemens à moins d'avoir élevé le sol, par un radier général de maçonnerie; le même moyen d'épuisement auroit également peu de succès sur un sol qui permettroit les filtrations, mais il deviendroit admissible, après avoir détruit cet inconvénient par une couche de glaise posée à la surface du terrain. Ce moyen suppose au reste peu de profondeur d'eau ; il seroit pour ainsi dire impraticable sur un fleuve sujet au flux et reflux, tel que la Tamise; aussi les piles du pont de *Westminster* ont-elles été élevées au moyen de caissons, dans lesquels on les a construites, et qu'on a fait échouer dans l'emplacement déterminé. Ces mêmes caissons ont été employés au môle du port de Nice, et ailleurs.

On peut distinguer deux manières de fonder dans

la mer sans épuisemens. La première se réduit à construire la maçonnerie par assise sur un radeau, qu'on fait ensuite descendre ; le port d'Ostie et la mosquée de Constantinople ont été fondés ainsi. La deuxième méthode, plus applicable dans une mer profonde et agitée, consiste en un mortier appelé *béton*, composé de pozzolane, de terrasses de Hollande, de blocaillon et de chaux vive. Ce mortier descendu au fond de la mer, y prend bientôt une grande consistance. La propriété qu'il a de se solidifier promptement est due surtout à la pozzolane; celle-ci ne pouvant être supléée, dans le cas où elle manqueroit, et cette dernière manière de fonder supposant d'ailleurs un fond solide, ce qui ne se rencontre pas en général dans les rivières, il est une autre méthode qui n'exige également ni bâtardeaux ni épuisemens, et avec laquelle on peut fonder à une grande profondeur.

Après avoir fait une enceinte de pieux, et dressé un échafaud près de l'emplacement de la fondation, on y établit un grillage, propre à être descendu et fixé à une certaine profondeur sous l'eau ; on chasse un pilot dans chaque case , et l'on descend ensuite, au pourtour du grillage, des quartiers de pierre par carreaux et boutisses : ou, au défaut de pierres assez hautes, on en place plusieurs l'une sur l'autre, au moyen d'un chassis de fer qui les assujétit, et permet de les ficher et couler en mortier sur l'échafaud supérieur; on les descend alors sur le grillage où elles sont facilement alignées, leur surface étant au dessus de l'eau. (Employé avec succès au pont de Chazai.)

Enfin, lorsqu'il s'agit de fonder à une plus grande profondeur, on peut alors se servir utilement de caissons établis sur pilotis battus au refus. Le succès de cette méthode dépend essentiellement de la scie inventée par M. Devoglie, avec laquelle on peut réceper les pilots jusqu'à 15 pieds (4 mèt. 87 cent.) de profondeur.

MÉMOIRE

Sur la réduction de l'épaisseur des piles, et sur la courbure qu'il convient de donner aux voûtes ; le tout pour que l'eau puisse passer plus librement sous les ponts.

DIMENSIONS DES PILES.

Les piles des ponts étant considérées comme faisant la fonction des culées, doivent être aussi fortes que celles-ci pour résister à la poussée latérale des voussoirs qui tend à les renverser, et qui augmente d'autant plus, que les voûtes sont plus plates et les pieds droits plus hauts.

En considérant les arches comme devant toujours être contre-buttées par les arches collatérales jusqu'aux culées de ces ponts, il doit suffire de leur donner assez de largeur pour qu'elles puissent soutenir le poids de chaque demi-voûte qui est élevée de part et d'autre de ces piles.

En faisant abstraction de l'économie des matériaux, ce seroit une erreur de préférer les piles les plus épaisses comme plus solides, parce qu'en retrécissant le cours naturel des rivières, on en augmente la vîtesse, qui seule peut faire perdre la solidité, à cause des affouillemens qui se feroient au pied des piles.

On peut objecter les inconvéniens qui peuvent résulter de la dégradation rapide qui peut arriver à une pile de peu de largeur. Cependant on ne doit pas craindre qu'une pile puisse être subitement détruite en entier ; étant toujours facile de réparer les dégradations qui peuvent y arriver successivement.

Néanmoins il convient de donner à ces sortes de piles de grands empatemens qui distribueront la charge, déjà moins forte, sur une plus grande surface de terrain.

Il seroit également prudent de placer aux ponts à faire sur les rivières les plus larges (comme cela a été pratiqué au pont de Blois, par M. Gabriel) de fortes piles, qui dans le besoin pussent servir de culées, en les espaçant à la distance de trois et quatre arches l'une de l'autre.

On sait que les voussoirs les plus comprimés sont ceux de la partie supérieure des voûtes : on est dans l'usage de leur donner en longueur de coupe, pour les grandes arches qui sont surbaissées du tiers, la vingt-quatrième partie de leur diamètre ; et, comme une pile soutient deux demi-voûtes, on croit devoir leur donner au moins en épaisseur le double de cette largeur de coupe, et lui ajouter, pour plus de solidité, le tiers ou le quart de cette épaisseur.

FORMES DES VOUTES.

Les voûtes des ponts sont ordinairement faites en demi-cercle, ou demi-ellipse, ou de forme ovale, en arc d'ogive, et enfin en portion d'arc de cercle.

Toutes ces courbures, lorsqu'elles prennent leur naissance à la hauteur des basses eaux, ou peu au dessus, comme cela est d'usage, ont l'inconvénient de diminuer le passage de l'eau, et cela d'autant plus qu'elle s'élève davantage.

On retire plusieurs avantages en faisant les voûtes en portion d'arc de cercle, dont les naissances soient établies à la hauteur des plus grandes eaux. On a entr'autres celui de faire passer les chevaux de hallage sous le pont.

MÉMOIRE

Sur les pieux et pilotis.

Les pieux sont le plus communément employés à porter un édifice construit au dessus des hautes eaux, tels que les ponts de charpente et les moulins.

On se sert de pilots ou pilotis pour porter un ouvrage de maçonnerie que l'on veut fonder sous les basses eaux, comme les ponts, les murs de quai, les écluses, etc.

DIMENSIONS.

On emploie la pièce la plus forte d'un arbre pour les pieux qui doivent être chargés d'un grand fardeau : on taille en pointe pyramidale le bout destiné à la fiche, qu'on arme souvent d'un sabot de fer de trois ou quatre branches. On leur donne communément environ dix pouces (0 mèt. 27 cent.) de grosseur au milieu, lorsqu'ils ont 15 à 18 pieds (4 mèt. 87 cent. à 5 mèt. 85 cent.) de longueur, et 20 pouces (0 mèt. 54 cent.) de plus pour chaque toise (1 mèt. 95 cent.) au delà de cette première longueur.

Les pilots n'ont pas besoin d'être si gros à proportion que les pieux; il suffit qu'ils aient environ 9 pouces (0 mèt. 24 cent.) de grosseur, jusqu'à 10 et 12 pieds

(3 mèt. 25 cent. à 3 mèt. 90 cent.) de longueur et un pouce (o mèt. 27 cent.) de plus pour chaque toise (1 mèt. 94 cent.) excédant cette première longueur.

Les pilots ainsi que les pieux ne doivent point être équarris ; ils doivent être de droit fil et sans nœuds excédans.

Lorque les pieux ou pilots ne sont pas assez longs, ou prennent plus de fiche, on peut les enter et les assembler exactement sur 18 pouces ou 2 pieds (o m. 49 cent. à o mèt. 65 cent.) de longueur.

On emploie des pieux ou des pilots équarris dans certaines circonstances ; on met des pilots de cette espèce au pourtour des fondations, pour que les palplanches que l'on chasse entre ces pilots, puissent leur être plus adhérentes.

On ôte l'écorce en entier et on laisse l'aubier aux pieux et aux pilots.

POSITION.

Les pieux et les pilotis battus dans les rivières, doivent toujours être placés dans le sens du cours de l'eau; ils doivent être posés d'équerre entr'eux autant que cela se peut, et à plomb, excepté dans quelques cas.

Dans une *palée*, les deux ou trois pieux du milieu doivent être battus à plomb, et les autres de chaque côté obliquement.

Les pieux des batardeaux et ceux des arches doivent être battus à plomb.

On est dans l'usage de battre les pilots de fondation à plomb : cependant, lorsque le terrain est de peu de consistance, il est à propos d'incliner ceux du pourtour des paremens extérieurs vers le massif de la fondation. Ce sont les pilots des culées et des murs de quai qui sont le plus exposés au déversement par la poussée des terres.

Les pilots sont ordinairement posés le petit bout en bas ; il convient de s'en tenir à cet usage, quoique, toutes choses égales d'ailleurs, les pilots posés le gros bout en bas parviennent au refus un quart de temps plutôt. On en excepte néanmoins ceux des pilots qui doivent être coupés à une certaine profondeur sous l'eau, comme dans la fondation des piles et des culées dans des caissons de 12 et 15 pieds (3 mèt. 89 cent. et 4 mèt. 87 cent.) plus bas que la surface.

A l'égard des pieux, lorsque le milieu de la longueur devra se trouver sensiblement au dessus des basses eaux, il conviendra de les mettre en fiche par le petit bout. Si le milieu de la longueur des pieux devoit se trouver élevé à la hauteur des eaux moyennes, comme cela arrive assez ordinairement aux grands ponts de charpente, il conviendroit de les battre le gros bout en bas.

ESPACEMENT.

L'espacement des pieux et celui des pilots dépend de leur grosseur, de leur longueur et du fardeau qu'ils doivent porter.

Suivant Muschembroeck, les forces des pièces de bois rondes ou quarrées chargées debout, sont entr'elles comme les cubes de leur diamètre ou grosseur, pris directement, et le quarré de leur longueur pris réciproquement.

D'après les expériences, la force de différentes espèces de bois chargés debout est exprimée ainsi qu'il suit.

Le chêne.	12 $\frac{5}{5}$
Le saule.	9 $\frac{3}{5}$
Le sapin.	9 $\frac{2}{15}$
Le peuplier.	7 $\frac{2}{5}$
Le frêne.	7 $\frac{1}{5}$
L'aune.	7 »

On voit que le bois de chêne est le plus fort ; que le sapin l'est moins, quoique pour porter, étant chargé dans une position horizontale, le sapin soit plus fort d'un cinquième que le chêne. De même le frêne quoique moins fort que le sapin pour porter dans une position verticale l'est cependant davantage pour porter dans la position horizontale.

On est dans l'usage d'espacer les pieux des ponts de bois, depuis 4 jusqu'à 5 pieds (1 mèt. 30 cent., 1 mèt. 62 cent.), et les pilots de fondation depuis 3 jusqu'à 4 (0 m. 97 c., 1 m. 30 c.); le tout de milieu en milieu.

BATTAGE DES PIEUX.

Les pieux, et les pilotis surtout, doivent être enfoncés jusqu'au roc ou tuf, ou autre terrain assez ferme et solide pour porter le poids dont on aura à les charger, sans pouvoir jamais s'enfoncer davantage sous le fardeau.

On reconnoît les différentes couches de terrain et leur épaisseur, au moyen d'une sonde de fer d'une longueur déterminée d'environ 2 pouces (0 m. 54 c.) de grosseur, battue et chassée au refus jusques sur le roc ou terrain solide.

MÉMOIRE

Sur les cintres des ponts.

Pour construire les ponts, l'on emploie des cintres de charpente qui soutiennent les voussoirs de chaque voûte jusqu'à ce que les clefs en soient posées, et que les voûtes puissent se maintenir seules.

Les cintres sont composés de fermes ou d'assemblages de charpente posés verticalement, que l'on espace à environ six pieds (1 mèt. 95 cent.) les uns des autres; le dessus en est terminé exactement suivant la courbure que l'on se propose de donner aux voûtes, excepté la différence qui doit résulter de l'espace nécessaire qu'on laisse au dessus de ces fermes pour placer des couchis ou pièces transversales, et des cales qui sont destinées à recevoir les voussoirs.

La situation des pièces qui doivent composer les fermes, leur nombre, les dimensions qu'il est nécessaire de leur donner pour qu'elles puissent porter solidement les voûtes, et l'assemblage de ces pièces, sont les objets que l'on examine séparément dans le mémoire.

MÉMOIRE

Sur l'éboulement qui arrive quelquefois à des portions de montagnes et autres terrains élevés, et sur les moyens de prévenir ces éboulemens, et de s'en garantir dans plusieurs circonstances.

Ces éboulemens doivent être attribués à des tremblemens de terre, aux volcans, ou à des causes qui dépendent plus particulièrement de la disposition et de la qualité du terrain. C'est la recherche de ces causes qui seules sont plus à portée d'être observées et prévues, et celle des glacis que prennent les terres et autres matières éboulées ou jetées, après avoir été fouillées pour en former des digues, des chemins ou des terrasses élevées, ainsi que des portions de terrains inclinés, assis sur un banc de glaise, tous objets qui font essentiellement partie de ce mémoire.

CHAPITRE V.

MACHINES.

NUMÉROS DES MODÈLES.

Indication des principales machines inventées par Perronet, et dont les modèles sont déposés dans la galerie de l'École.

85 DRAGUE pour enlever les vases ou le sable du fond des rivières et des ports.

124 Roue à aube mobile, dont l'arbre est vertical, etc.

125 Roue dont l'arbre est horizontal, etc.

97 Double pompe accolée qui fait mouvoir deux pistons, au moyen d'un mouvement continu, etc.

86 Une petite voiture ou camion prismatique, pour le transport des terres, etc.

113 1re. Scie pour réceper les pieux sous l'eau.

114 2e. Scie pour réceper les pieux sous l'eau, par une lame à mouvement horizontal circulaire.

89 Odomètre pour épuiser à la tâche les eaux d'une fondation.

98 Machine pour lever les plans la nuit.

DRAGUE

NUMÉROS DES MODÈLES.

Pour enlever les sables ou la vase du fond de l'eau.

85 CETTE drague est en fer, en forme de tenaille à mâchoire, le bas est garni de tôle; l'effet représente assez l'action que l'on fait avec la main, lorsqu'on veut prendre du sable répandu sur une table.

La puissance de cette machine étant supposée appliquée aux leviers d'un treuil, ou mue par une grande roue, se reporte aux extrémités des quatre branches supérieures de la drague, au moyen de tringles de fer qui y sont fixées, et se réunissent en un point à la corde qui doit être arrêtée au treuil.

Aux quatre extrémités inférieures de la drague, sont quatre autres tringles de fer, qui se réunissent à la corde au bout de laquelle est suspendu un poids, assujéti au moyen d'un boulon.

L'axe qui passe au centre de la drague, doit être maintenu entre deux coulisses, il porte des cylindres divisés par tronçons, que l'on peut ôter ou ajouter, suivant que le terrain offre plus ou moins de résistance. Ces cylindres et une partie du poids de la drague font effort pour la faire entrer dans le sable, à mesure que la puissance relevera ses extrémités pour la fermer.

De chaque côté du chassis de charpente qui sert à la manœuvre de la drague, doit être établi un plan incliné en bois, portant sur des tourillons, pour que le sable puisse couler facilement dans le bateau servant au curage.

Cette drague pèse deux quintaux et demi, elle est chargée de 150 livres (73 kil. 43 hect.) de plomb, et le contrepoids pèse autant que la drague (*inconvénient qui avoit déterminé feu Perronet, à le remplacer par une autre drague semblable, et d'établir toute cette machine sur un grand bateau*). Trois hommes peuvent la manœuvrer avec facilité, deux minutes de temps suffisent pour chaque coup de drague; elle prend 2 pieds et demi et 3 pieds cubes (3 mèt. 08 cent et 3 m. 70 cent.) de sable, et peut être employée avec avantage à curer les ports et les rivières, ainsi que l'intérieur des batardeaux.

ROUE

UMÉROS DES MODÈLES.

A aube mobile, dont l'arbre est vertical.

124 CETTE roue est composée de quatre aubes verticales situées deux à deux, dans deux plans perpendiculaires entr'eux. A la partie supérieure de l'axe de cette roue, se trouve une roue dentée, dont les dents s'engrènent dans deux lanternes diamétralement opposées; toutes

12

ces pièces sont jointes entr'elles à la manière des roues à aubes ordinaires verticales; celle dont nous donnons la description, diffère de ces dernières en ce que chacune de ses aubes est mobile autour d'un axe excentrique encastré par ses extrémités dans les deux traverses horizontales de leur chassis; l'avantage de la mobilité de ces arbres est 1°. d'augmenter la vîtesse de cette roue dans son mouvement; 2°. de diminuer la pression des points d'appui de cette roue, en régularisant le mouvement de chacune de ses aubes; cette roue est encastrée dans un chassis auquel se trouvent deux vannes faisant fonction de coursier, et dont l'usage est bien connu.

Les roues à aubes verticales doivent être d'un usage plus avantageux que celles horizontales dans les hautes eaux, parce qu'on a la liberté de faire remonter ces premières assez pour qu'elles ne se trouvent jamais noyées.

NUMÉROS DES MODÈLES.

ROUE

Dont l'arbre est horizontal.

125 L'ARBRE de cette roue est posé horizontalement, pour faire agir par un mouvement spiral une pompe aspirante et refoulante, pour diminuer le frottement des pistons qui seroient mus dans la même direction de leurs tiges.

DOUBLE POMPE ACCOLLÉE,

QUI FAIT MOUVOIR DEUX PISTONS, AU MOYEN D'UN MOUVEMENT CONTINU.

NUMÉROS DES MODÈLES.

Cette pompe mue par un courant d'eau, a deux mouvemens continus, l'un par le centre, et l'autre par la circonférence.

97 LA roue mise en mouvement par un courant d'eau, est disposée de manière à communiquer à plusieurs tiges de pistons un mouvement de va et vient.

L'arbre de la roue est taillé à ses deux extrémités, en deux demi-sphères, dont l'une est doublée en fer; lorsque la roue tourne, en vertu du choc et du poids de l'eau, la sphère doublée en fer touche à une roulette tournant autour d'un axe fixe, ce qui fait avancer horizontalement toute la roue pendant sa demi-révolution, elle revient ensuite, pendant l'autre demi-révolution; par une disposition semblable, qui se trouve à l'autre extrémité de l'arbre; un gros corps de pompe, dont l'axe est dans le prolongement de celui de l'arbre, est établi à une petite distance de la roue, la tige du piston qui s'y meut, tient à l'arbre, et reçoit de lui son mouvement de va et vient.

La même roue communique, à deux autres tiges

horizontales un mouvement semblable, à l'aide de courbes ou portions de spires, appliquées à sa circonférence; ces courbes touchent à des roulettes attachées aux tiges et les font aller et venir deux fois, pendant que la roue fait une révolution entière; la disposition des portions de spires étant symmétrique, les mouvemens simultanés des deux tiges se font en sens contraire; à l'extrémité de chacune de ces tiges, est liée une chaîne passant sur un arc de cercle et porant à son bout un cylindre faisant les fonctions de piston dans un corps de pompe élevé verticalement.

PETITE VOITURE OU CAMION PRISMATIQUE

NUMÉROS DES MODÈLES.

Pour le transport des terres, etc.

68 Ces petites voitures nommées camions, servent avantageusement pour transporter les déblais de terres, qu'on est obligé de faire pour régler les pentes des chemins, ou dans les fortifications.

Les roues ne doivent pas avoir plus de trois pieds et demi de diamètre, de dehors en dehors; l'essieu traverse le camion à peu près par son milieu, un peu au dessous du centre de gravité, et sa capacité est telle qu'elle contient exactement une partie aliquote de la toise cube; ce camion contient $\frac{1}{17}$ de toise cube, ou un peu plus de sept pieds cubes (8 mèt. 64 cent. cub.);

lorsqu'il est bien conditionné, il doit revenir au plus à 75 francs en 1769; ils coûtoient 60 francs pièce.

Il y a deux manières de s'en servir, la première c'est de les faire tirer par des hommes; dans ce cas, il a un timon, deux traverses, dont une avec deux crochets de fer, deux hommes s'attellent par des bretelles, et s'appuyant sur la première traverse, exercent, en la poussant, une force double avec un effort plus simple.

L'autre manière est de les faire tirer par des chevaux; un seul cheval peut tirer facilement trois camions, et quelquefois quatre dans la belle saison; pour cela on ajoute au derrière du camion une traverse au milieu de laquelle est un anneau de fer pour recevoir un crochet qui doit se trouver au bout du timon du camion que l'on veut ajouter et qui, pour lors, n'a pas besoin de traverse pour l'attelage.

L'essieu traversant le camion un peu au dessous du centre de gravité, est retenu par un des côtés, au moyen d'un crochet qui, lorsqu'il est levé, abandonne la caisse à son poids excentrique, et lui permet de se renverser, sous le plus petit mouvement d'impulsion du conducteur.

SCIES

A RÉCEPER LES PIEUX SOUS L'EAU.

PREMIÈRE SCIE

NUMEROS DES MODÈLES.

A réceper les pieux sous l'eau.

113 Elle est composée d'un chassis en fer, portant une scie horizontale, lequel est mobile sur un autre chassis qui se meut sur un troisième, tous trois dans une direction parallèle au mouvement de la scie; aux quatre extrémités de ce troisième chassis, s'élèvent verticalement quatre tringles dentées qui pénètrent dans un plancher mobile, dans deux directions horizontales entr'elles, sur des rouleaux appuyés sur un échafaud de charpente; ce plancher est assujéti sur l'échafaud au moyen de fiches; le systême des chassis se trouve donné de position, au moyen d'une verge de fer fixée tant au plancher supérieur que du troisième chassis inférieur, diamétralement opposé au pieu que l'on veut scier; ce pieu est retenu à la machine, par deux pinces de fer recourbées, fixées à deux tringles qui s'élèvent verticalement et pénètrent le troisième chassis et le plancher.

Au centre du systême, est une tringle de fer qui pénètre, d'une part, une pièce de bois verticale tenue sur le plancher par quatre autres pièces inclinées, et de l'autre dans le troisième chassis, après avoir auparavant enclavé la verge dans une pièce de bois ayant la forme d'un cône renversé, et une roue dentée ; cette roue est arrêtée entre deux pièces dentelées, faisant partie du deuxième chassis ; les dents de cette roue sont en nombre suffisant pour faire parcourir à la scie le plus grand espace possible ; ce cône a pour objet de donner à la verge plus de stabilité, et d'empêcher cette roue de vaciller dans ce qui lui sert d'essieu. Il est maintenant facile de s'apercevoir, que du mouvement de cette verge doit nécessairement résulter celui de la scie. Pour remplir ce dernier objet, on a l'axe horizontal qui s'appuie et à la pièce et sur l'un des deux garde-foux du plancher ; à l'extrémité de cet axe, est une lanterne dont les cylindres s'engrènent dans les dents d'une roue posée à l'extrémité de la verge et de la pièce de bois ; à l'autre extrémité, est une manivelle qu'un ou deux hommes font tourner ; ce mouvement est, à proprement parler, un mouvement d'oscillation, c'est-à-dire, qu'après avoir fait mouvoir la scie dans un sens, pour la faire mouvoir dans un autre, les hommes sont obligés de tourner la manivelle dans un sens opposé au premier. Le mouvement de la scie peut être donné par deux hommes; on ramène la scie dans la première position, lorsque le pieu est scié, au moyen d'une corde qui, par le secours de petites poulies, va aboutir au premier chassis.

DEUXIÈME SCIE

NUMEROS DES MODÈLES.

A réceper les pieux sous l'eau, par une lame à mouvement horizontal et circulaire.

114 Cette machine est composée d'un chassis triangulaire portant une scie horizontale, lequel se meut dans une direction parallèle au mouvement de la scie posée sur un autre chassis. Des deux extrémités, et du centre de ce dernier chassis, s'élèvent verticalement trois tringles en fer qui passent dans un plancher appuyé sur un échafaud de charpente. Ce plancher est assujéti sur l'échafaud au moyen des fiches; ce dernier chassis est fait de manière qu'en le plaçant entre deux rangs de pilots, l'un récepé, l'autre qui ne l'est pas, il embrasse parfaitement la file de pieux à réceper.

La scie a un mouvement circulaire, voici comment il est produit; au dessus du plancher sont trois tringles qui vont se réunir à une plaque circulaire, dans laquelle est enclavée l'extrémité de l'une des trois tringles, celle du milieu. Sur les deux branches situées du côté de la scie, sont deux petits tourillons où reposent les extrémités de l'axe du systême de cinq roues; les deux premières ou poulies de chaque côté ne forment qu'une seule pièce, quoique de rayons différens.

Les parties qui sont près des tourillons, sont de même rayon que la poulie du milieu, et les deux autres d'un rayon plus grand; sur les deux poulies extrêmes, sont deux cordes qui, au moyen de deux autres petites poulies, viennent aboutir aux deux extrémités de la scie; sur les deux autres qui leur correspondent, sont deux cordes qui soutendent des poids; sur la poulie du milieu, est une autre corde qui traverse une petite poulie attenant le deuxième chassis, et est arrêtée au sommet de l'angle opposé au côté du triangle formé par la scie elle-même; à l'autre extrémité de la corde est un poids, cet axe est terminé par deux manivelles; c'est ici encore un mouvement d'oscillation; l'objet des deux poids suspendus est : 1°. de rendre la charge constante; 2°. de diminuer l'effort des hommes appliqués à la manivelle. Les rayons des roues adjacentes doivent être calculés dans cette dernière hypothèse; le troisième poids aide à ramener la scie dans sa première position, lorsque le pilot est scié.

Nota : Ces deux scies n'ont jamais été exécutées en grand.

ODOMÈTRE

NUMÉROS DES MODÈLES.

Applicable aux épuisemens.

89 Cet odomètre, est de grandeur d'exécution, il est renfermé dans une boîte de fer battu de 2 lignes (0 mèt. 005 cent.) d'épaisseur : elle a 5 pouces ½

(o mèt. 15 cent.) de long, et 5 pouces (o m. 14 c.) de large, sur 10 pouces (o mèt. 27 cent.) de hauteur hors-œuvre. Dans l'intérieur, sont trois roues en fer ou en cuivre, de 4 pouces (o m. 11 c.) de diamètre, et de 3 lignes (o m. 097 c.) d'épaisseur, celle d'en bas qui a vingt dents, est mue par une spirale sans fin, que porte la manivelle. La seconde roue qui a vingt-cinq dents, est mue par une pareille vis que porte la première; cette seconde roue est accompagnée d'un pignon à cinq ailes qui engrènent dans la troisième roue qui est divisée en quarante dents; l'aiguille est placée sur l'axe de cette roue, et marque par sa révolution 4,000 tours de manivelle sur le cadran qui est au dessus, et sur lequel ils sont divisés par centaine; chacune de ces divisions est d'une grandeur suffisante pour y reconnoître les $\frac{1}{2}$ cent, et même les $\frac{1}{4}$, ce qui est suffisant. L'aiguille se retire à volonté pour la mettre à zéro, au commencement de chaque relai; et lorsqu'elle est placée, on la serre contre l'axe avec une vis et un écrou qui sont placés au côté opposé de l'aiguille; on ferme le devant de la boite, d'une porte en fer battu, à laquelle on met un cadenas.

On place cette boîte sur l'un des supports de la manivelle, qui ont communément 5 pouces de grosseur; elle est retenue contre le montant, avec vis et écroux et avec un boulon qui passe dans les deux branches de fer qui la tiennent, et sont encastrées dans le bois; la manivelle est assujétie de manière qu'elle ne prenne que l'engrènement convenable, sans pouvoir choquer ni endommager les roues.

Le prix du cent de tours de manivelle, est fixé sur ce que les ouvriers doivent raisonnablement gagner par jour, en travaillant sans trop se fatiguer; on sait par expérience, que quatre hommes peuvent faire communément, trente tours de manivelle par minute, étant appliqués pendant deux heures de suite, à une manivelle de seize pouces de coude, dont le hérisson a huit pouces de rayon, jusqu'au milieu de la chaine, la pompe ayant douze pieds de hauteur et cinq pouces de diamètre; ce qui donne 3,600 tours pour deux heures, et 14,800 tours, pour huit heures qu'ils peuvent travailler en vingt-quatre.

Cette machine a été employée, avec succès, aux épuisemens du nouveau pont de Saumur, en 1752, dont les travaux ont été dirigés par M. de Voglio, ingénieur en chef des ponts et chaussées (1).

---

(1) Cet instrument qui peut s'adapter à toutes les machines en usage dans les travaux publics, sert à faire connoître le nombre de tours de manivelles exécutés par les ouvriers appliqués à ces machines, et à régler, par ce moyen, les tâches et les prix de leur travail.

Comme il est propre encore à mesurer le chemin qu'on a fait, soit à pied, soit à cheval, soit en voiture, son usage peut encore être très-utile dans les marches, et dans les reconnoissances, aux armées. On a perfectionné cet instrument, au point qu'il indique ou décompte les mouvemens et les pas rétrogrades.

MACHINE

NUMÉROS DES MODÈLES.

Pour lever les plans, la nuit.

98 CETTE machine consiste dans une planchette portant un crayon qui mesure et trace exactement, au moyen d'une alidade mobile, les bases et les angles des plans topographiques, en faisant parcourir ces bases avec une espèce de brouette qui porte la planchette, laquelle peut-être conduite avec vîtesse par un simple journalier, soit dans une tranchée dont on veut avoir le plan, *sans exposer les ingénieurs;* soit dans les avenues d'un parc, ou autre terrain; les détails de ces plans peuvent ensuite être levés avec la boussole, ou autres instrumens usités.

CHAPITRE VI.

RADE DE CHERBOURG,

Projetée par M. de Cessart, inspecteur général des Ponts et Chaussées, depuis 1782 jusqu'en 1791.

Le beau projet de la nouvelle rade de Cherbourg est dû à M. de Cessart ; il en commença les travaux en 1782, qu'il a continués jusqu'en 1791. Ils étoient en pleine activité en 1784, époque où M. Perronet s'y rendit avec les Ministres.

L'auteur avoit demandé, dès le commencement, au Gouvernement quatre commissaires, deux marins et deux ingénieurs, pour former un comité particulier, où seroient discutés les avantages et les inconvéniens de cette grande entreprise ; on nomma M. M. Borda, Fleurieu, Perronet et Chezy.

Cette rade est formée par une ligne de cônes en charpente, à (3898 mèt.) du port (1); la droite de cette ligne est appuyée au fort de l'île Pelée, et la

---

(1) L'idée de ces cônes ou caisses en charpente a été généralement approuvée des marins et ingénieurs : les Anglais se sont servis du même moyen, il y a quelques années, pour protéger l'entrée et la sortie de la rade de Torbay.

Divers motifs ont cependant fait renoncer au système des cônes, dans la construction de la grande digue qui couvre la rade ; mais ce système a déjà trouvé, et trouvera de plus heureuses applications.

gauche au fort de Querqueville. Dans le milieu de cette ligne, il devoit y avoir une passe pour les vaisseaux, de 500 toises, (974 m. 50 c.) d'ouverture.

La caisse de charpente à jour et sans fond, qui fait l'enveloppe du cône, a 148 pieds (48 mèt. 08 c.) de diamètre à la base, 60 pieds (19 mèt. 49 c.) de diamètre au cercle supérieur, et 60 pieds (19 mèt. 49 c.) de hauteur verticale.

L'on charge la base de cette caisse, dans toutes a circonférence, de 190,000 livres (93006 kil. 90 déc.) de pierre, avant de la mettre à flot, afin qu'après son immersion, elle se trouve assez pesante pour se fixer sur le fond et résister à l'effort de la mer montante, qui, s'élevant de 18 pieds (5 mèt. 85 cent.), la feroit flotter, en tenant son sommet à peu près d'un septième de sa hauteur au dessus du niveau de la mer.

Le poids d'une caisse ainsi chargée est environ de 1,700,000 livres (832167 kil. 00 déc.); elle flotte, au moyen de 90 grosses tonnes, et 30 petites, capables d'un effort de 1,900,000 livres (930069 kil. 00 déc.), de manière qu'il y ait une force excédante de 200,000 l. (97902 kil. 00 déc.) à peu près. Ces tonnes sont distribuées et retenues au cercle inférieur et sur la circonférence de la caisse.

La remorque se fait depuis le bord de la mer où elles ont été construites, jusqu'à l'endroit déterminé pour l'échouage, avec des cabestans établis sur des pontons. Quarante hommes suffisent, avec quatre grandes chaloupes plates, garnies de 72 rames. L'on fait, par le calme, environ 3 à 400 toises (584 m. 71 cent. à 779 mèt. 61 cent.) par heure.

L'immersion se fait dans une heure de temps, au moyen de couteaux à long manche, qui communiquent de la galerie supérieure de la caisse, jusqu'aux soupentes en cables qui retiennent les tonnes.

Cette caisse est ensuite remplie de 2600 tonneaux (19250 mèt. 11 cent.) cubes de pierre, du poids de 194 livres (94, kil. 96 déc.) le pied cube.

Je n'entrerai point dans de plus grands détails sur la grande idée de ce projet, qui a toujours été regardé comme étant de la plus haute importance; l'auteur, M. de Cessart, homme d'un rare mérite, fait dans ce moment imprimer un recueil précieux pour l'art des grandes constructions, en deux volumes grand in-4°, avec des planches; il contiendra, avec le texte, tous les détails des travaux importans qu'il a fait exécuter, et de ceux qu'il a projetés pendant le cours de sa longue et honorable carrière.

PORT DU HAVRE.

Le port du Havre est un de ceux qui, de tous les temps, a le plus intéressé le Gouvernement, par sa position et son commerce.

Dans l'intervalle de dix années, des ingénieurs militaires et des ponts et chaussées, ont fait différens projets, qui furent successivement présentés à l'examen des Conseils du génie militaire, de la marine, et de celui des ponts et chaussées, soumis ensuite à l'approbation du Gouvernement.

Le premier est celui des ouvrages à faire pour l'amélioration du port et l'agrandissement de la ville, approuvé par l'assemblée des ponts et chaussées, le 10 janvier 1779.

Le deuxième projet, celui de MM. *Léger* et *Fourcroy*, ingénieurs-militaires, en 1779.

Le troisième, celui des commissaires de l'Académie des sciences, *Borda*, *Perronet* et *Fleurieu*.

Le quatrième, celui de MM. *Gaule* et de *Bressole*, en 1782.

Le cinquième, celui de M. Dubois, inspecteur-général des ponts et chaussées, en 1782.

Le sixième, celui de M. de Cessart, inspecteur-général, en 1782.

Le septième, un deuxième projet de M. Dubois, en 1783.

Et le huitième, enfin, connu sous ce titre : *Projet des ingénieurs des ponts et chaussées du Havre*, lorsque M. Lamandé (aujourd'hui inspecteur-général), étoit ingénieur en chef, et M. Lamblardi, ingénieur chargé des travaux du port. Ce projet, approuvé le 2 février 1787, est celui qu'on exécute aujourd'hui.

Les travaux pour l'agrandissement et l'amélioration du port du Havre, ont été commencés en 1783 (1).

De 1783 à 1786, on a construit la grande digue d'enceinte formant la retenue de la Floride, destinée à alimenter une écluse de chasse projetée dans le chenal. Cette digue a 900 mètres de longueur, et renferme une réserve qui contiendroit, dans les vives eaux ordinaires, 400 mille mètres cubes d'eau, (54 mille toises).

En 1788, 89 et 90, on a fait l'écluse et le grand bassin d'Ingouville (dit le bassin du commerce); ce bassin, lorsqu'il sera totalement achevé, aura 600 m. de longueur sur 100 mèt. de largeur, et pourra con-

---

(1) On sait que, par l'effet du confluent de la Seine, la mer conserve son plein pendant deux heures au port du Havre, et même il arrive souvent, qu'après trois heures de pleine mer, elle n'a pas perdu 1 pied (0 mèt. 32 cent.), ce qui est très-avantageux pour tous les mouvemens du port.

tenir 250 navires, depuis 200 jusqu'à 500 tonneaux. Dans son état actuel, il a 500 mètres de long, sur 100 de largeur, et en temps de paix, on y a compté jusqu'à 192 bâtimens de différentes grandeurs.

En l'an II, on a commencé les travaux de l'écluse et du bassin de la Barre, qui, par les circonstances, ont été suspendus pendant les années IV, V, et VI, et repris en l'an VII (1).

Le bassin de la Barre, particuliérement destiné à la marine militaire, présente la même superficie que le bassin d'Ingouville; lorsqu'il sera fait, on y pourra placer facilement dix frégates, toutes *bord-à-quai*. L'écluse a 13 mèt. 64 cent. (42 pieds) de largeur de passage, et réunit deux écluses de chasse latérales, chacune de 4 mètres de largeur de débouché. Il monte sur le radier 6 mètres 50 centimètres (19 à 20 pieds) d'eau, dans les vives eaux ordinaires. C'est en l'an IX, que les premières frégates sont entrées dans le bassin de la Barre.

Le vieux bassin a 170 mètres de longueur sur 90 m. de largeur réduite, et peut contenir 45 à 50 bâtimens depuis 200, jusqu'à 500 tonneaux, de manière, qu'en temps de paix, lorsque le projet sera achevé, on pourra, dans les trois bassins, maintenir toujours à flot 540 à 550 bâtimens.

---

(1) Le pont à bascule, sur l'écluse du bassin d'Ingouville, a été construit en l'an II, sur les projets de M. Lamblardi.

Le chenal a 50 mètres de largeur. Il est quelquefois obstrué par un *poulier* de gallet, à la tête de la jetée du N. O., qu'on fait enlever par des voitures ; mais cet inconvénient disparoîtra lorsque l'écluse de chasse projetée sera construite.

Dans l'état actuel des choses on ne jouit pas même de l'avantage des écluses de chasse latérales de l'écluse de la Barre ; attendu que la portion faite du bassin est trop petite pour les alimenter, et que d'ailleurs le faux radier en avant de l'écluse dans l'avant-port n'est pas encore terminé.

L'écluse de communication entre le bassin d'Ingouville et celui de la Barre, a été commencé en l'an XI, et se trouve à moitié faite environ. Tout le côté sud du bassin de la Barre est également à moitié de sa construction. Cette écluse de communication a les mêmes dimensions générales que l'écluse d'Ingouville, l'une et l'autre ont 13 m. 64 c. (42 pieds) de largeur de passe, et 33 mèt. 13 cent. (102 pieds) d'une tête à l'autre.

PORT DE DUNKERQUE.

Extrait du rapport de M. Perronet, adressé au Ministre de la Marine, le 9 octobre 1785.

PERRONET présente dans son rapport les travaux qu'il conviendroit de faire pour le rétablissement du port de Dunkerque, démoli en 1763, par suite du traité d'Utrecht. Il considéra comme insuffisans les moyens que l'on proposoit, consistant dans la reconstruction des anciens travaux, et l'enlèvement des vases et des sables qui encombroient le bassin, le port d'échouage et le chenal ; à cause de l'éloignement de l'écluse de chasse de Bergues, qui se trouve à 1400 toises (2728 mèt. 60 cent.) de la tête des jetées ; la quantité d'eau que l'on pouvoit y rassembler étant d'ailleurs trop foible : il projeta en conséquence de placer une nouvelle écluse de chasse à 800 toises (1559 mèt. 23 cent.) au dessous de celle de Bergues, et à 600 toises (1169 mèt. 42 cent.) de la tête des jetées, en formant au dessus un bassin ou retenue de 60,000 toises (116940 mèt. 00 cent.) superficielles, dirigé sur le fort de la batterie de l'est, et de fortifier les jetées opposées à la direction de l'écluse, pour la garantir de l'action de l'eau ; ou bien de partager cette retenue en deux parties de

30,000 toises (58470 mèt. 06 cent. chacune), appuyées, l'une contre la levée de l'est, et l'autre contre celle de l'ouest, en placant les deux écluses de chasse, qu'il faudroit alors construire, vis-à-vis l'une de l'autre.

On construiroit avant la première retenue d'eau ; un nouveau bassin de 80 toises (303 mèt. 92 cent.) en quarré avec une écluse à son entrée, environnée de quais et bâtimens au-delà sur trois de ses côtés, pour l'abriter du vent, et pour y former des établissemens.

Le bassin existant seroit curé et rétabli, pour en faire une prolongation du port d'échouage. L'écluse de Bergues, en y rassemblant les eaux des canaux de Furnes, des Moères, de Bergues, de Bourbourg et de Mardick, et en formant à leur réunion une retenue considérable, devenoit assez forte pour chasser les vases de l'avant-port et du port d'échouage, jusques à la nouvelle écluse de chasse, laquelle les portoit ensuite avec facilité au-delà de la tête des jetées; proposition que M. de Cessart examina avec soin après son arrivée à Dunkerque.

Les projets de M. Perronet ayant été examinés sur les lieux par M. le maréchal de Castries, ministre de la marine, de la Millière, de Borda et Fleurieu, accompagnés de différens ingénieurs, on proposa les changemens suivans :

1°. De placer le bassin sur l'emplacement de l'ancienne citadelle, proche le chenal, pour conserver au commerce le premier terrain qui lui devenoit précieux;

2°. De retrécir la largeur de la retenue d'eau de mer, en l'alongeant à proportion le long de l'Estran, afin de remonter d'environ 200 toises (389 m. 81 c.) l'écluse de chasse, en conservant à cette retenue 60,000t. (116940 m. 00 c.) de superficie, et diminuer d'autant la longueur que devoient parcourir les eaux de l'écluse de Bergues. M. Perronet observant que la longueur que l'on proposoit de donner à la retenue, retarderoit l'arrivée de l'eau à l'écluse, proposa de ne pas changer la première forme qu'il donnoit à cette retenue, et d'établir l'écluse de chasse à 200 toises (389 mèt. 80 cent.) plus haut, pour obtenir le même avantage (1).

CONSTRUCTION DE LA FORME DE TOULON,

Exécutée sous la direction et la conduite de M. Grognard.

La forme que M. Grognard a faite dans le port de Toulon a été bâtie à sec dans un grand caisson de 300 pieds (37 mèt. 50 cent.) de longueur sur 95 pieds (30 m. 88 c.) de largeur, et 33 pieds (10 m. 72 c.) de hauteur.

La construction de cet énorme caisson, les difficultés

(1) Divers événemens et considérations ont obligé de modifier successivement ces projets. Depuis 1785, on a rétabli le bassin avec son écluse, et dans ce moment, on continue de grands travaux pour l'accroissement de la ville et du commerce.

de le mettre à l'eau sans le désunir, et le bateau-porte qui défend l'entrée des eaux dans la forme, font le mérite essentiel de ce grand ouvrage.

RADEAU ET CAISSON.

On a commencé par faire sur l'eau un très-grand radeau composé de deux rangs de gros mâts se touchant, le premier rang en long, et le deuxième en travers. Les dimensions de ce radeau excédoient celles du fond du caisson, de 12 pieds (3 mèt. 90 cent.) au-delà de chacun de ses quatre cotés. Sur ce radeau on a construit le caisson dont on a tenu le fond élevé d'environ quatre pieds (1 mèt. 30 cent.) au dessus du radeau. Les bords du caisson n'ont été montés que de 10 pieds (3 mèt. 26 cent.) de hauteur, avant d'avoir été mis à l'eau.

On a mis sur le radeau au dessous du caisson, dans des cases distribuées uniformément, et ménagées à cet effet, des boulets d'un poids suffisant pour couler bas le radeau lorsqu'on voudroit mettre le caisson à flot. Mais, pour le soutenir jusqu'alors, on avoit disposé aussi sur le radeau un très-grand nombre de tonneaux vides bien bouchés. Les bondes de ces tonneaux étoient attachées chacune à une grosse ficelle, et pouvoient être enlevées facilement en même temps, pour faire remplir d'eau tous les tonneaux à la fois.

Enfin on avoit disposé autour du radeau un grand nombre de pontons auxquels il étoit attaché avec des cables roulés sur des cabestans, pour le retenir, à mesure qu'on le feroit descendre, et pour l'arrêter lorsque le caisson flotteroit librement au dessus.

Tout étant disposé ainsi qu'il vient d'être dit, on a enlevé les bondes toutes à la fois : l'eau est entrée dans les tonneaux ; ce radeau s'est enfoncé uniformément, et le caisson s'est mis à flot. On l'a retiré facilement du dessus du radeau, lequel a été relevé jusqu'à fleur d'eau au moyen des cabestans et des cables disposés à cet effet. On a retiré les boulets ; et les mâts qui formoient ce radeau ayant été désunis, ont pu être employés à leur première destination.

Les bords du caisson qui n'avoient été élevés que de 18 pieds (5 mèt. 85 cent.) pendant qu'il étoit sur le radeau, ont été portés ensuite à la hauteur de 33 pieds (10 mèt. 72 cent.)

FORME.

L'endroit du port où l'on devoit construire la forme, a été recreusé avec un ponton jusques sur le roc, et le fond n'étant point de niveau, on a jeté dans les endroits bas, des pierres et de la glaise, qu'on a nivelées et battues fortement à la dame. La place ainsi préparée, on y a conduit le caisson, et on l'y a maintenu, au moyen de quelques pilots plantés dans son pourtour.

Ensuite on a porté dans le caisson un assez grand nombre de pierres, de bombes, etc., pour former un poids double de celui que pouvoit avoir le bassin et le plus gros vaisseau. On a laissé le caisson ainsi chargé plusieurs mois, afin de donner le temps au sol de la fondation de faire l'affaissement dont il seroit capable ; après quoi on a construit la forme, partie par partie, conformément au plan, en employant les matériaux qui servoient à charger le caisson.

Malgré les grandes précautions qu'on avoit prises pour construire le radeau, et pour affermir le sol de la fondation, lorsque le caisson fut chargé, il s'ouvrit plusieurs voies d'eau qui augmentèrent ensuite, à cause des affaissemens inégaux du sol. L'eau qu'elles fournissoient pendant la construction de la forme, a été enlevée avec des chapelets verticaux en fer. La maçonnerie intérieure a bouché une partie de ces voies d'eau : mais, comme elle ne les a pas fermées toutes, on a fait dans tout le pourtour de la forme, des aqueducs qui conduisent les eaux dans des puits où sont placés 32 chapelets. Ces chapelets sont destinés principalement à épuiser la forme lorsqu'on veut y construire ou y radouber un vaisseau. Les filtrations actuelles sont très-peu de chose. Un chapelet enlève en deux heures de travail, toutes les eaux qu'elles fournissent pendant la journée.

DESCRIPTION DE LA FORME.

On peut considérer cette forme comme divisée en trois parties. La première en constitue l'entrée. Les murs latéraux ont plusieurs rainures qui servent à placer le bateau-porte en avant ou en arrière, suivant qu'il est jugé convenable.

La deuxième partie, qui est la principale, est le bassin dans lequel on construit et radoube les vaisseaux. Plusieurs escaliers placés autour servent à faciliter les manœuvrages des constructions.

Enfin la troisième partie est un petit bassin destiné aux épuisemens, et entouré pour cela de chapelets verticaux. Il est séparé du premier bassin par un mur fort épais percé d'une ouverture de 3 pieds (0 m. 97 c.) de large, sur environ 6 pieds (1 mèt. 95 cent.) de hauteur formée par une vanne. La communication entre les deux bassins étant interceptée, on commence à épuiser le petit bassin ; pour lors un homme seul ouvre la vanne à volonté, suivant la vîtesse avec laquelle il faut baisser les eaux du grand bassin pour caler sûrement et à propos le vaisseau qui doit être radoubé, et pour que cette manœuvre importante ne dépende pas de la volonté des forçats qui font mouvoir les chapelets.

BATEAU-PORTE.

Le bateau-porte peut-être considéré comme une très-grande vanne flottante fort épaisse, dont la forme extérieure ressemble à un ponton ; les parties des bajoyers destinées à le recevoir, sont en talus du quart de leur hauteur, en sorte que l'espace à fermer est plus large dans le haut que dans le bas ; le profil du bateau-porte sur sa longueur est égal à celui de l'ouverture qu'il doit fermer ; ses deux bouts ont environ 8 pieds 6 pouces (2 mèt. 76 cent.) de largeur et le milieu 17 pieds (5 mèt. 52 cent.)

Lorsqu'on veut placer le bateau-porte, on le conduit comme un bateau dans l'espace à fermer, et on le dispose d'à plomb sur les rainures qui doivent le recevoir : ensuite on en remplit l'intérieur de boulets de canon, de pierres, etc., dont le poids le fait descendre jusqu'à ce qu'il touche en même temps le fond et les deux côtés ; en sorte que l'entrée du bassin se trouve entiérement fermée.

CHAPELETS.

Les 32 chapelets employés aux épuisemens de la forme sont de deux dimensions différentes. La buse des petits a 6 pouces (0 mèt. 162 cent.) de diamètre ; la lanterne est composée de dix fuseaux de 15 lignes (0 mèt. 034 cent.) de grosseur, il y a deux volans à chaque manivelle, lesquels sont faits de trois gros poids en plomb de 60 ou 80 livres (29 kil. 37 déc. ou 39 kil. 16 déc.). Le diamètre du volant est de 14 pieds 6 pouces (4 mèt. 71 cent.) La buse des grands chapelets a 8 pouces (0 mèt. 217 cent.) de diamètre ; la lanterne est composée de douze fuseaux de 18 lignes (0 mèt. 041 cent.) de grosseur. Les volans ont 4 poids de plomb de 60 ou 80 livres (29 k. 37 d. ou 39 k. 16 d.).

Ces chapelets sont tous en fer : la buse est en cuivre , leur longueur est égale ; ils sont mis en mouvement par douze ou quatorze forçats.

FONDERIE DE CANONS,

A L'ILE D'INDRET, AU DESSOUS DE NANTES ,

Commencée en 1776 , et finie en 1782 , sur les projets et la conduite de M. Tourfaire.

Perronet fut consulté par le Gouvernement, dans le mois de décembre 1777 , sur le projet et l'exécution déjà commencée de la fonderie d'Indret. Il envoya à ce sujet, plusieurs observations et rapports très-détaillés au Ministre de la marine (M. Sartine). Enfin il reçut l'ordre de se rendre à Nantes le 15 juin 1778, pour examiner sur les lieux l'ensemble et l'exécution de ce magnifique établissement, projeté et dirigé par M. Tourfaire, ingénieur de la marine, homme d'un vrai mérite, mort ingénieur en chef à Rochefort, en 1795. Le rapport de Perronet au Ministre de la marine, est du 12 juillet 1778; il conclut en disant que l'ensemble du projet, est parfaitement conçu et que l'exécution commencée est dirigée avec tout l'art et le soin que demande un semblable établissement. Il invite le Gouvernement à faire les fonds nécessaires, pour le conduire à sa perfection.

MANUFACTURE

DE PORCELAINES DE SÈVRES,

Projetée par M. Lindet, architecte; commencée en 1752, *finie en* 1760.

M. Le garde des sceaux (Machaux), par sa lettre à M. Perronet, datée de Versailles le 12 octobre 1752, le charge de donner ses soins pour la construction des bâtimens nécessaires au nouvel établissement de la manufacture des porcelaines, à Sèvres, d'en examiner tous les projets faits par le sieur Lindet, architecte, et de viser, conjointement avec la compagnie, les toisés et arrêtés de l'architecte, sans lesquels il ne seroit payé aucun à compte, et de l'instruire, à la fin de chaque mois, de la situation des travaux, etc.

Cette commission a duré jusqu'au 31 janvier 1760, date du procès-verbal de la réception qu'il fit de tous les ouvrages.

VILLE DE NANTES.

ILE DE LA MADELEINE.

Extrait du rapport de M. Perronet, fait en octobre 1778, *d'après les renseignemens donnés par M. Magin, ingénieur de la Marine.*

La commune de la ville de Nantes desirant savoir si les arches qui traversent la chaussée de l'île de la Madeleine peuvent-être bouchées, sans avoir rien à craindre pour les ponts existant, Perronet fit les réflexions suivantes:

PRINCIPE.

Voulant reconnoître si un pont a assez d'ouverture pour laisser passer librement le plus grand volume d'eau d'une rivière, il faut observer, dans les temps des plus grandes crues, si l'eau est plus haute à l'amont qu'à l'aval.

Le plus ou le moins que l'eau est plus haute à l'amont qu'à l'aval, fait connoître si les arches du pont sont assez grandes pour laisser librement passer les plus grandes eaux.

Résultat des observations qui ont été faites à Nantes, depuis 1755 jusqu'en 1770.

1re. OBSERVATION.

Quand les eaux de la rivière de Loire sont élevées de 8 pieds (2 mèt. 60 cent.) au dessus des basses eaux, elles passent librement, sans que la partie d'amont soit plus élevée que la partie d'aval. On doit conclure de cette observation, que les ponts ne souffrent aucune poussée, quand les eaux de la rivière de Loire sont élevées de 8 pieds (2 mèt. 60 cent.) au dessus du niveau des basses eaux.

2e. OBSERVATION.

Quand les eaux sont élevées de 12 pieds (3 mèt. 90 cent.) au dessus du niveau des basses eaux, elles passent encore très-librement, mais elles ont un peu plus de hauteur à l'amont qu'à l'aval, environ 1 pied 6 pouces (0 mèt. 49 cent.), ce qui prouve que quand les eaux de la rivière de Loire sont élevées de 12 pieds (3 mèt. 90 cent.) au dessus du niveau des basses eaux, elles commencent à charger les ponts, mais d'une quantité si peu considérable, qu'elle doit être regardée comme nulle, eu égard à leur pesanteur et à leur liaison.

3e. OBSERVATION.

Les eaux étant au plus haut qu'on les ait vues depuis 1775, et qu'on estime avoir été à 18 pieds (5 m. 85 cent.) au dessus des basses eaux, on a remarqué qu'elles étoient plus élevées de 2 à 3 pieds (0 mèt. 65 cent. à 0 mèt. 97 cent.) à l'amont qu'à l'aval; cette charge n'est pas assez considérable pour en avoir rien à craindre.

Les eaux, dans cette situation, n'ont souvent rien changé à la hauteur des sables au dessous et très-près des ponts.

4e. OBSERVATION.

On a remarqué, que dans le plus grand exhaussement des eaux, il y avoit peu de différence de niveau, entre celles de la prairie de la Madeleine et celles de la prairie de l'Hôpital, qui ne sont séparées que par la chaussée de la Madeleine, dont on propose de boucher les arches.

Cette observation prouve qu'on peut intercepter les arches de la prairie de la Madeleine, sans avoir rien à craindre pour les ponts.

5e. OBSERVATION.

Avant l'année 1775, le pont de la Poissonnerie qu'on nomme pont d'Aiguillon, n'avoit que 16 pieds (5 mèt. 20 cent.) de largeur, et il en a actuellement 54 (16 mèt. 89 cent.) Si on considère, qu'avant l'année 1775, les eaux ont toujours passé sous les ponts sans y faire aucun mal, on s'apercevra aisément que l'augmentation de largeur du pont d'Aiguillon peut dépenser, à peu près, autant d'eau que les arches de la chaussée de la Madeleine, qui ne commencent à soulager les ponts que quand les eaux sont à environ 12 pieds (3 mèt. 90 cent.) au dessus du niveau des basses eaux.

Nous pensons qu'on peut intercepter les arches de la chaussée de la Madeleine, sans avoir rien à craindre pour les ponts.

Le projet de Perronet consiste en un seul alignement d'environ 1400 toises (2728 mèt. 60 cent.) qui traverse la ville de Nantes et la rivière de Loire, à partir du pont d'Aiguillon sur l'Erdre, jusqu'au village de Pirmil. La rivière, dans cette partie, est divisée en trois bras; sur le premier, du côté de la ville, Perronet propose un pont de trois arches, et sur les deux autres bras, un pont de chacun sept arches, toutes en pierres; le quatrième bras de la rivière se trouveroit supprimé, au moyen d'une levée en terre.

Tous ces projets ont été adressés le 14 octobre 1778, à M. de la Bove, intendant de la ci-devant province de Bretagne.

EXTRAIT

D'un mémoire fait par M. Perronet, en 1748, *ayant pour titre : Moyen proposé pour fonder sur pilotis les ponts, et les autres ouvrages à construire dans l'eau, sans batardeaux ni épuisemens.*

M. Perronet considérant que la construction des batardeaux présente de grandes difficultés, et beaucoup d'inconvéniens, donne la méthode suivante, pour fonder dans l'eau, et en fait l'application à une pile de 18 pieds (5 mèt. 85 cent.) d'épaisseur, et de 39 pieds (12 mèt. 67 cent.) de longueur, avec avant et arrière becs; le fond de la rivière étant supposé à 7 ou 8 pieds (2 mèt. 27 cent., ou 2 mèt. 60 cent.) sous les plus basses eaux.

On forme d'abord une enceinte rectangulaire par des pieux battus à 10 ou 12 pieds (3 mèt. 25 cent., ou 3 mèt. 90 cent.) de distance sur leur longueur, et à 9 pieds (2 mèt. 92 cent.) de l'alignement qui doit désigner le parement de la pile : on se garantit du choc du courant de l'eau, par un vannage.

On fait ensuite descendre dans cette enceinte un grillage de charpente, que l'on assujétit de niveau à la profondeur que l'on a déterminée. Il est fixé encore plus solidement à sa place, par quelques pieux battus dans les cases du grillage, et par des palplanches à onglets, placées dans la double coulisse pratiquée au pourtour.

Ce grillage, sur lequel on pose verticalement un bâtis de charpente tout au pourtour, et verticalement en quatre endroits sur la largeur, forme la principale pièce du projet.

On remplit l'espace qui se trouve sous le grillage, par de la glaise bien corroyée, mêlée de cailloux ou de petits moëllons (on pourroit substituer du mortier de chaux vive, et de gros gravier mêlé de petits cailloux de vigne) que l'on introduit au moyen d'un entonnoir, ce qui assujétit encore mieux le grillage; on achève ensuite de placer un pilot dans chaque case, après quoi on enlève les pièces qui servoient à entretenir le grillage de niveau, ainsi que les traverses du bâtis, destinées au même usage.

On recèpe les pilots, les palplanches et les poteaux du bâtis exactement de niveau à l'affleurement du dessus du grillage, au moyen d'une scie imaginée pour cet usage, par Perronet, et dont il a donné la description dans un autre mémoire.

Cela fait, on peut construire la maçonnerie jusqu'au dessus des basses eaux d'été, avec de grands caissons construits à peu près comme ceux du pont de Westminster, et le surplus est achevé en suivant l'usage ordinaire. On donne aussi le moyen d'élever la maçonnerie au dessus des eaux moyennes, en substituant aux cailloux une autre construction fort solide, très-détaillée dans le mémoire.

S'il arrive que le terrain s'élève en certains endroits au dessus des basses eaux, ou qu'il en soit trop proche, après avoir enlevé ce qui se trouvera au dessus de l'eau, on draguera le reste jusqu'à 2 ou 3 pieds (o mèt. 65 cent., ou o mèt. 97 cent.) sous les plus basses eaux, sans qu'il soit nécessaire de le dresser absolument de niveau, comme on a été obligé de le faire au pont de Westminster.

EXTRAIT

D'un mémoire sur les avant et arrière-becs des ponts.

Perronet s'est proposé plusieurs questions avant de déterminer la forme la plus avantageuse à donner aux avant-becs des ponts.

Les principes conformes aux plus évidentes théories de la mécanique, sont confirmés par un grand nombre d'expériences, etc. . . . .

Ce n'est point le choc des glaces qui détruit un pont, c'est l'effort perpétuel des eaux, contre l'obstacle qu'on leur oppose.

On ne sauroit trop diminuer cet effort ; et c'est pour le diminuer, qu'on donne aux arches le plus de vide qu'il est possible, et aux piles, la seule épaisseur qui convient pour porter les arches.

L'épaisseur des piles étant déterminée par cette considération, il faut employer tous les moyens possibles pour qu'elles deviennent un moindre obstacle au cours des eaux qui les détruit, et l'on peut diminuer l'obstacle par la forme des avant-becs.

Il est vrai que le choc des glaçons peut briser les angles des avant-becs, à la surface de l'eau, mais il est facile de les armer de bronze ou de fer; peut-être seroit-il mieux de les construire de forme curviligne ou demi-circulaire.

La force de l'eau, que l'on regarde comme morte et de nul effet, vu l'impulsion et la prodigieuse inertie de la masse qui la reçoit, est cependant une force vive que l'on doit apprécier.

Ni Bernouilly, ni Camus, ni personne jusqu'à présent n'a regardé comme une force morte, l'effort continu d'une rivière contre une digue en maçonnerie; c'est cet effort qui dégrade les joints de la maçonnerie, qui fait pénétrer les eaux dans les fondations, qui désunit les palplanches, s'insinue entre les pieux et le massif qui les embrasse, affouille et dégrade le fond où les pieux sont plantés, détruit toute la contexture de l'édifice; effets d'autant plus prompts et d'autant plus à craindre, que la digue présente plus de résistance au courant des eaux.

Quelle que soit la masse d'un pont, quelque petite que soit la vîtesse du courant qui le frappe, il faut encore considérer que cette percussion est continuelle, et répétée à chaque seconde pendant l'espace de plusieurs siècles, toujours exercée pour la destruction de cet obstacle. Les forces qui agissent continuellement, sont celles qui détruisent tout dans la nature, celles dont il faut principalement se garantir.

Quelque petite que soit une force finie, si elle agit continuellement contre une masse énorme en repos, il faut qu'à la longue elle parvienne à lui donner du mouvement, soit en lui communiquant de la vîtesse, si l'inertie de la masse totale est plus foible que la cohésion de ses parties, soit en détruisant la contexture de ses parties, si la force de leur cohésion est plus foible que l'inertie de la masse totale.

Ces principes, ainsi qu'il a déjà été dit, sont conformes à la théorie et à l'expérience.

Des ingénieurs de mérite ont dit, qu'il faut donner aux avant-becs la figure qui éprouve de la part des eaux courantes la moindre pression, parce que le choc est constant, tandis que celle des glaçons n'a lieu que de temps à autre.

Ils concluent qu'il faut donner aux avant-becs la forme triangulaire que M. Bouguer a trouvé être la plus avantageuse pour les proues des navires; ils rejettent particulièrement la forme des deux arcs de 60 degrés chacun, proposée par Perronet: mais celui-ci répond à cette objection, par plusieurs exemples, que la pression totale de l'eau contre les *avant-becs*, est généralement si petite, relativement à leur pression sur la pile et la plate-forme, que l'on doit plutôt les garantir contre le choc violent des glaçons, qui détruiroit, à coup sûr, un corps saillant trop aigu, et qui ne leur présenteroit pas un front capable de leur résister.

Tel est le sommaire des principaux ouvrages de Perronet : j'ai cru qu'il appartenoit à l'Ingénieur qu'il a longtemps honoré de sa confiance et de ses bontés, de le publier. En offrant aux jeunes Ingénieurs et Élèves des ponts et chaussées cet exposé fidèle et rapide de ses longs travaux, je leur en rends la connoissance plus facile et plus générale, j'ajoute à leur émulation, à leur desir de s'instruire plus profondément ; je leur indique les sources où ils doivent puiser les principes et trouver les grandes applications d'un art que Perronet illustra, en couvrant la France de monumens durables, et qui, dans les écrits qu'il a laissés, l'a rendu aussi célèbre que vraiment et à jamais utile au Corps dont il fut le fondateur.

ERRATA.

Page 19, ligne 10, *au lieu de* sur l'éboulement qui arrive, *lisez* sur les éboulemens qui arrivent.

Pag. 23, lig. 15, *au lieu de* 2,661,090 liv., *lisez* 2,670,856 liv. 13 sous.

Pag. 24, lig. 18, *au lieu de* élevés avec, *lisez* élevés sur.

Pag. 86, lig. 7, *au lieu de* sur l'éboulement qui arrive, *lisez* sur les éboulemens qui arrivent.

Pag. 89, lig. 9, *au lieu de* à le remplacer, *lisez* à la remplacer.

Pag. 92, lig. 9, *au lieu de* porant, *lisez* portant.

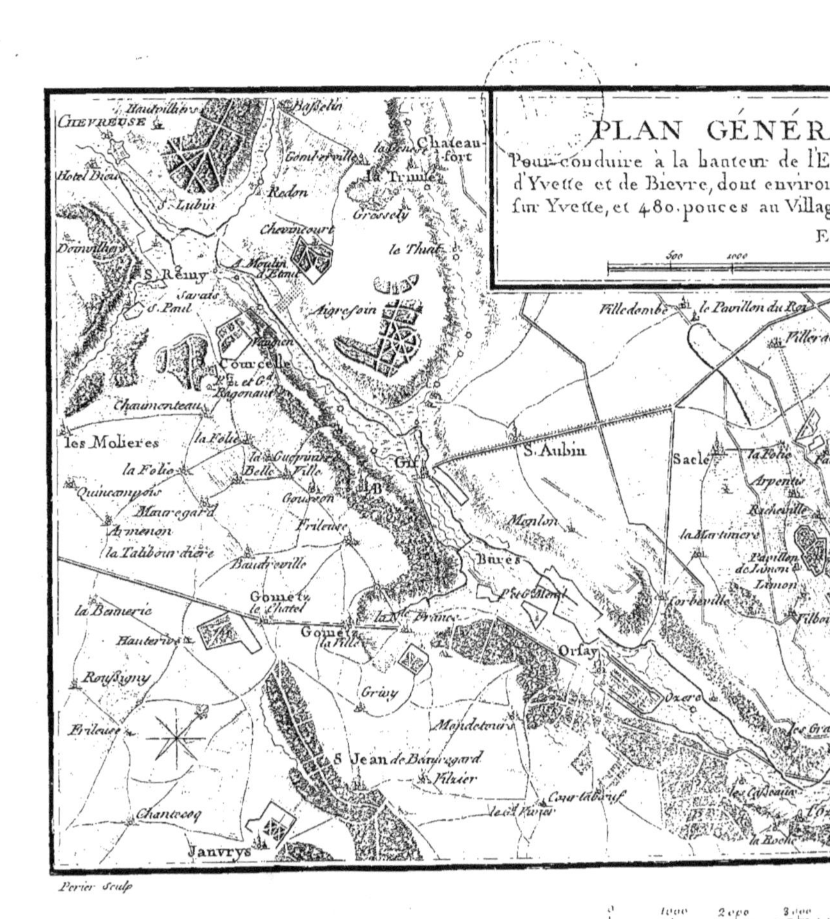

PLAN GÉNÉRA
Pour conduire à la hauteur de l'Est
d'Yvette et de Bievre, dont environ
sur Yvette, et 480. pouces au Village
Ech
500
1000
CHEVREUSE
Hautvilliers
Bassetin
Hotel Dieu
S. Lubin
Gomberville
Chateau-fort
la Trinité
Redon
Grosselay
Chevincourt
le Thuit
Doinvilliers
S. Remy
Sarais
S. Paul
Aigresoin
Vauhien
Courcelle
Chaumenteau
les Molieres
la Folie
S. Aubin
Gif
Sacle
la Folie
Arpentis
Quincampois
Mauregard
Armenon
la Tabbourdière
Gouveron
Frileuse
Baudreville
Menlon
Bures
la Martiniere
Limon
Villedombe
le Pavillon du Roy
Gometz le Chatel
Gometz la Ville
la Bernerie
Hauterive
Roussigny
Orsay
Corbeville
Ozere
Frileuse
Griny
Mondetours
S. Jean de Beauregard
Filzier
Courtabœuf
Chantecoq
Janvrys
les Graviers
la Roche
Perier Sculp
0
1000
2000
3000

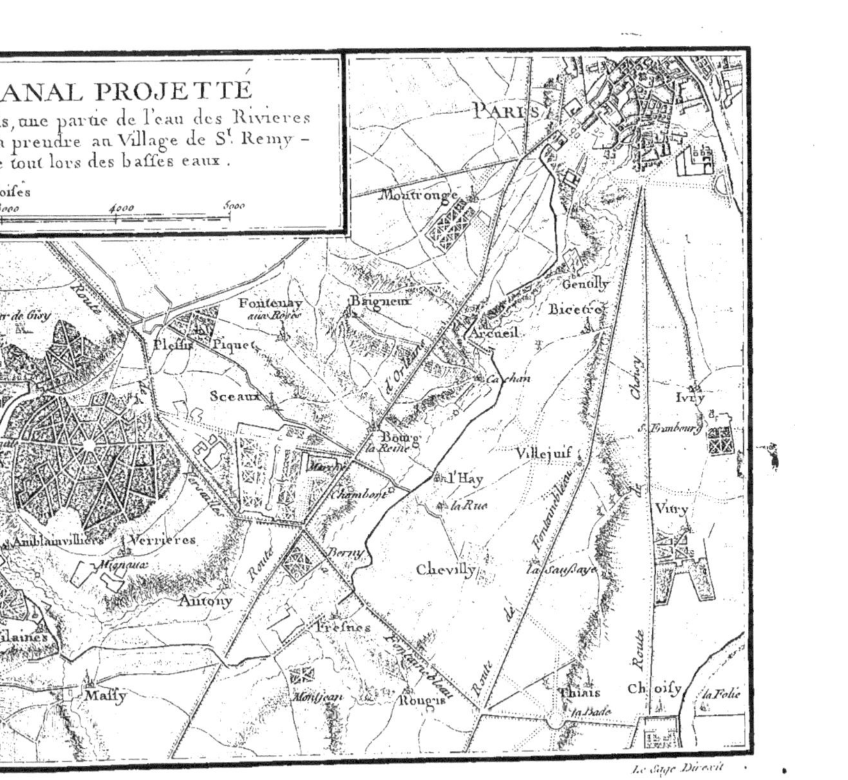

10000 mètres

www.ingramcontent.com/pod-product-compliance
Lightning Source LLC
LaVergne TN
LVHW020323230826
846091LV00003B/748

9782013032216